扬州市文艺创作引导资金项目作品

姜红兰 著

最后一次逃跑

中国民族文化出版社

北京

图书在版编目（CIP）数据

最后一次逃跑 / 姜红兰著 . -- 北京：中国民族文化出版社有限公司 , 2024. 12. -- ISBN 978-7-5122 -1968-7

Ⅰ . I247.7

中国国家版本馆 CIP 数据核字第 2024MG2109 号

最后一次逃跑

Zuihou Yi Ci Taopao

作　　者	姜红兰
责任编辑	张　宇
责任校对	颜小虎
出 版 者	中国民族文化出版社　地址：北京市东城区和平里北街 14 号
	邮编：100013　联系电话：010-84250639　64211754（传真）
印　　装	四川科德彩色数码科技有限公司
开　　本	880mm × 1230mm　32 开
印　　张	8
字　　数	200 千字
版　　次	2024 年 12 月第 1 版
印　　次	2024 年 12 月第 1 次印刷
标准书号	ISBN 978-7-5122-1968-7
定　　价	86.00 元

目录 / CONTENTS

归　途

　　袁牧野拖着拉杆箱，站在地铁口，心里有点慌乱，办事处已经放假了，他不可能再像平常过节放小长假时，装着从家里返回，从女人身上取过水，很滋润的样子。其实他大多时候是缩在公寓里，要么一个人去各处闲逛，北京城那么大，遇着同事的机会几乎为零。人们都以千里奔骑的速度往家赶，春节，这个节点却让他觉得无处可逃，他不能再像一只鼹鼠躲在西三环的某个角落或者苏北的某个小镇里。来北京三年了，李小霞一次也没来看过他，也不主动打电话给他，这让办事处的同事觉得奇怪，也让袁牧野感到颜面尽失。

　　转了几条地铁线，晚上 9：30，他已经睡在了火车卧铺的车厢里。在网上订票时，他有点犹豫，就买软卧还是硬卧问题在心里纠结，后来心里一横，就买软卧吧，人要学会善待自己，不在乎这点钱。每次回家，李小霞妈妈做饭早晚是亘古不变的稀饭面条，中午是一荤一素一汤。他不能完全肯定他不在家时，也是这些吃食，害得他筷子不知往何处伸，他时常溜出去，借口买东西，去小区附近的"京华城"吃一碗盖浇饭或者水饺。有一次年三十，李小霞和她妈妈去"京华城"买衣服，李小霞看中一件羽绒服好多天了，意欲买回来过年，之前来来回回讨价还价不下五次。第六次，年关，李小霞满以为会降价，谁料营业员不乐意了，翻着白眼不让试，还说买不起就别买，反反复复地折磨人。李小霞气哼哼地打电话给袁牧野，袁牧野正在"京华城"七楼的美食城吃"大娘水饺"，袁牧野放下碗筷，第一时间赶到三楼女装营业部时，李小霞和营业员已经互扯着头发扭打在一起了。袁牧野意欲上去拦架，不料脚底下一滑，跌坐在地上，营业员放了李小霞，顺势滚在袁牧野怀里，直嚷男人打她了！同时伸出手指抓向袁牧野的脸。说时迟，那时快！李小霞扑了上来，李小霞衣服的肩头被扯了一个大口子，袁牧野这才没有破相。李小霞终于以半价买了那件羽绒服，作为调解补偿。营业员鄙夷地对围观人群和商场保安说，哼，打死我也不信她的这个鸟男人年薪几十万，他门牙上的那片菜叶，真叫人恶心！

后来，袁牧野一直在脑海里盘桓，到底是什么让他滑了一跤，地上并没有茶杯摔碎，也没有水的痕迹，地面的光亮照射出自己像只呆头鹅坐在地上滑稽的模样。李小霞回家后和他大吵了一架，说他是故意的，要让她当众出丑，本来是想让他出来给她撑个场面，饿死鬼投胎啊！中午家里并没有吃青菜汤，门牙上的那根青菜叶是怎么回事？我知道你又出去偷食了，你惯会偷食！

李小霞说这句话的时候，李小霞妈妈没有插嘴，躲进了卫生间里闷头洗衣服，袁牧野的衣服孤零零地泡在另一只不锈钢盆里。坐在阳台上晒太阳的李小霞爸爸转过身来，用眼睛朝袁牧野的方向睃了一下，尽管因为糖尿病并发症，他已双目失明，这目光仍像一支冷箭，正中袁牧野的要害。

袁牧野不止一次地想，当初若不是李小霞的那一句话，他决计不会娶李小霞，八辈子打光棍他也不会娶这么个女人。

他和李小霞都不是这个不知全国排名第几级，所谓"宜居城市"的本地户，他们都是外来户，原属于这个地级市下辖的一个县级市。李小霞在袁牧野当初所处的那个阶层，从层面上讲，比他高一点。李小霞是城市户口，她爸爸是市石油机械厂的外勤员，也就是跑销售的，分有一套六十平米的房子，不是那种高层或者多层宿舍楼，是实实在在地立在地面上一门一户的建筑。和其他职工家庭一样，她家向南辟出了一个院子，在院里砌了卫生间和厨房，而后又向天空发展，叠加了一个阁楼，成了李小霞的闺房。而袁牧野家在乡下的一个小镇子上，他记不起处了多长时间两个人才在一起的，反正就在那个休假的初夏，李小霞的爸妈去上班后，他和李小霞上了阁楼，江淮的梅雨季节如期而至，雨滴滴答答。既不一阵风似的倾盆鼓翼而来，神龙不见尾；亦不是犹抱琵琶半遮面，隐隐绰绰，浮光掠影地敷衍，实实在在地就像在棉纺厂上班的李小霞妈妈手里无休无止纺不完的纱线。氤氲的雨，下得人心湿漉漉的。李小霞像条蛇和他在阁楼上缠在了一起。当袁牧野蹑手蹑脚拎着揉成团的一包卫生纸，准备下楼扔到公共厕所销毁证据时，在楼梯口，他看见了阴郁着脸的李小霞爸爸。时间在两个人身体的纠缠中就这么悄无声息地溜走了，天空拉上了幕布，只是雨还没有被扯断。李小霞爸爸一下子把袁牧野从楼梯口拖到院子里，气急败坏地指着院门，滚！你给我滚出去，你这样在我家算是怎么回事？

李小霞已经听到了楼下的动静，穿好了衣服，急急地奔下楼，看见袁牧野脸上的青筋已经暴了起来，一声炸雷适时地响起，雨点像战鼓声似的密集起来，袁牧野手上方便袋里的卫生纸，因为雨水的侵入，像一团团棉絮耷拉在方便袋里，方便袋的体积迅速瘦了下来。

你现在让他到哪儿去？李小霞红着眼睛和她爸爸对峙，你如果让他现在顶着大雨离开这里，我也和他一起走，再也不回来，我这辈子跟定他了。

袁牧野胸口一阵发热，在心里坚定地对自己说，就是她了！不要再三心二意了。虽然李小霞并不好看，满脸的痘痘，雷公嘴，和翠萍的白皙细腻比起来，真是天壤之别，但是，从那一刻起，从她嘴里说出这句话的那刻起，袁牧野此生认定她了！

滚！你们都给我滚！伤风败俗的死丫头！

李小霞的妈妈正好下小夜班，打开院门，把正要出门的两个人拦在门里。纵然你父母都不在了，难道族里就没有可以出来说话的人？没有叔伯婶娘？今天就算了，你明天一早回乡下的镇子上，让你家族里面可以说话的人到我家来谈话！你这样不明不白住在我家让邻居怎么看，让小霞爸爸的脸往哪儿搁？

第二天清晨 7：20，火车准时进站，出了火车站，走到对面的长途汽车站，转乘 26 路公交，4 站路，就是李小霞他们现在居住小区的后门。还有一条分支，转乘大巴，一个小时的高速，再转乘公交车，40 分钟，就能到达他的小镇。就像李小霞妈妈劝李小霞说的，你拘着他，不让他回小镇是不可能的。他回小镇，就是鱼儿游回了水里。

按农村的习俗，逝者为大。翠萍家里没有答应"孝内操"，也就是在袁牧野父亲病逝后，"六七"四十二天热孝之内结婚，否则就要在满三年后，才允许结婚。也许袁牧野的父亲已经神志不清，临终前当着翠萍父母的面和族里的叔伯子侄说，祖屋留给袁牧野姐姐，而且已经去了公证处公证过了，立了遗嘱了。但有一条，这屋子只准住不准卖。存款给袁牧野去城里买房结婚，他工资高，即使不够，你们借给他一点，他还得靠你们，他以后的日子好着呢！也就是说袁牧野要结婚的话，可以在老房子里结婚，但是借用姐姐的房子。翠萍没有坚持，和她的爸妈当即就离开了袁牧野的祖屋。

袁牧野姐姐在周岁时，他母亲去供销社打酱油，和人多说了一会儿闲话，忘了站在草窝里的姐姐，草窝底下的火盆不知怎么打翻了，火盆里的火星溅到了草窝子，姐姐

从此失去了右脚。他对母亲的记忆，截至于十岁那年，因
为父亲说，等母亲挨过了清明，冬天就给他过十岁生日。
他记得外婆在姐姐房间里鬼鬼祟祟地做棉袄，雪白的棉花，
像雪一样，蓝色的棉袄面子比深秋的天空还要蓝得刺眼，
棉鞋却是像血一样的大红色。他最终还是没有等到自己的
十岁生日。姐姐因为没有了右脚，没能留在镇上或者嫁到
城里，姐姐嫁到邻乡一个偏僻村子里，姐夫是个手艺人，
出苦力的泥瓦匠，弟兄三个挤在一处。

　　袁牧野还记得那个饶舌的媒人，不知哪里冒出来的一
个亲戚。姐姐说，这个姨娘原和父亲有点缘故。她口吐莲
花地一个劲儿对着李小霞爸妈说："父母不在有父母不在
的好处，等于白捡了一个儿子。你们就这么一个女儿，两
家并成一家，将来你们和他们一起住，没有人说闲话，受
闲气。"格局就这么定了下来，袁牧野在城里买了房，李
小霞爸妈出钱装修，心安理得地和袁牧野住在了一起。

　　袁牧野上了26路公交车，车里已没有往日的拥挤，大
都是拖着行李和他一样迟归的人，人们脸上都洋溢着欢快
的笑容，不断地拿出手机汇报行程。许多建筑的门口挂起
了红灯笼，贴上了红彤彤的对联，拉上了"欢度春节"的

横幅。

　　袁牧野下了公交车，站在小区后门抬眼向自家51栋13层看去，千篇一律的建筑已经没有美感可言，房子就像是人世间最大的收纳袋，在这个呈格子状的空间里，个人的喜怒哀乐无法倾泻出来。袁牧野点了一支烟。烟，他戒了抽，抽了戒。李小霞爸爸一闻到香烟味就咳嗽，所以袁牧野眼里先见到的是北阳台，空无一人。那是他在漆黑的夜晚，拉上阳台的窗帘，闭着眼睛，灵魂好像脱离了他的躯壳，恍惚飘移，从镇东到镇西，也不知来回游走了多少趟！小镇的夜已经很深，街头没有一盏灯，没有一个人，只有一轮新月亦步亦趋地如影随形。直到燃尽的烟头让他的手指感觉疼痛，他才惊觉，又一个夜晚过去了。李小霞爸爸在双目失明后，放弃了所有吹拉弹唱的爱好，他常年坐在南面朝阳的阳台上，不下电梯一步，不准李小霞妈妈离开他的听力范围之内。

　　他们离开原先的县级市，搬到这个被评为"全国宜居的十大城市"之一的地级市已经十一年还是十二年，袁牧野记得不太清楚。这已不重要，重要的是，儿子今年就要高中毕业，要出去读大学了，好像儿子读一年级就来到了这座城市。他和李小霞的爸妈一起居住了近二十年，近二十年是个什么概念？袁牧野想，如果有来生，他决计不会让李小霞的爸妈和他住在一起的。

从装修那个时候起，李小霞爸妈就没把他们自己当外人，至少说李小霞的爸爸从来没有修饰过这个身份。装修是按照他们的意愿和情趣进行的，袁牧野插不上手，也插不了嘴。婚房装修好了，还没搬进去住，总要通风透气一段时间。有天傍晚，袁牧野去关窗子，防止夜里下雨雨水打进房间，掏出钥匙打开新房，客厅里的人正唱得兴高采烈，没有注意到袁牧野，等袁牧野走进客厅时，女人惊觉，放下手里的话筒，是个三四十岁的少妇。李小霞爸爸瞥了袁牧野一眼，袁牧野没有在他的眼里看到羞惭和慌张，李小霞爸爸淡淡地说，我带朋友来家里试试音响效果。

袁牧野走进他和李小霞的房间，床上一片狼藉，柜子里的被子抱到了床上。这个事情一直像根鱼刺梗在他的喉咙眼。

结婚当天，袁牧野的双亲不在，但按规矩还是要回乡下祭祖，去老屋给袁牧野父母的照片磕个头。姐姐的门始终敲不开，姐姐在门里说，老屋已经敬过宅，三牲——猪头、鲤鱼、公鸡都敬过了，这屋子已经不姓"袁"了。袁牧野当场木立在自家门前，手脚冰凉，不知如何解这个局，袁牧野感觉自己就像被抛在荒野的弃儿,姐姐也太心急了!
不能等他大婚礼成后再敬宅吗?还是隔了几家的三叔打开
了门,侄儿也是儿,是老袁家的根。李小霞从此没有再随
袁牧野踏进过小镇半步。

后来,李小霞下岗,在家没事做,和袁牧野同事的老
婆打得火热,往返上海很多次。有一次竟然和袁牧野的姐
姐前嫌尽释,拖着他姐姐一起跑去上海一个正在兴建的地
铁口,李小霞想在地铁站附近的楼盘买房,并不是用来住,
她没有想过将来要去上海,李小霞那时候就已经敏感地和
袁牧野同事的老婆学炒房。袁牧野当时船长这个级别的年
薪,让她们有这个底气。袁牧野姐姐没敢在李小霞面前表
达任何意见,她只是私下里对三叔说,那个地方算什么上
海!几十里看不见一个人影,她一家把他当作挣钱的工具
呢,有机会转到岸上工作吧,行船跑马三分命,不要再跑
船了。

姐弟毕竟是姐弟,袁牧野并没有和姐姐撕破脸,尽管
袁牧野来去都是和三叔挤在一起,从来不在姐姐家留宿吃
饭,也不多说一句话,自己可以抱怨姐姐,但从李小霞嘴
里说出来,袁牧野还是百般维护,这也是李小霞一直恨得
牙痒痒的地方。袁牧野听了三叔转来的话,心里还是拿定

主意，就是不松口，上海的房子没买成。李小霞赌气在袁牧野出海期间，卖了他们的婚房，连带着儿子和她的爸妈跑到这个城市，一下子买了个住家房，还在装饰城买了个门面。她要把袁牧野和那个小镇割裂开来，离它越远越好。这些年下来，现在手上又多了"森林湖"的一套别墅，还有"月亮湾"一处精装修的商品房。李小霞和袁牧野的姐姐再无交集，也不允许袁牧野带儿子回小镇。

　　每逢春节，袁牧野一个人形单影只地回到小镇，一开始他还要为李小霞做各种解释，说李小霞认生床，在别人家睡不着；儿子晕车，一上车脸色就煞白。后来，族里没人问，袁牧野也就不再编托词，这让他反而更加自在。他只去老屋向墙壁上父母的遗像作个揖，和以前的发小通宵打麻将喝酒。夜半三更回来就和三叔三婶挤在一张床上，接过三婶端过来的一碗热气腾腾的饺子，暖意融融，香甜一觉。睡到三竿，起来把三叔家堂屋里的桌子搬到院子里，把茶炉放在脚边，就像父亲在世时，喜欢在院子里，在太阳底下吃饭，和前来拜年的外甥子侄吹牛、喝茶、打牌。好在三叔三婶单过，并不碍着堂嫂堂兄，每年他都要包厚厚的红包给侄儿侄女，买许多花炮让他们在老屋的门前燃放，耀眼的火花照亮了门前那条河的大半个水面。这些对袁牧野来说，就像个仪式，这个年景才算是齐整，一年才没有白过。尽管回到城里，面对的是李小霞无休止的嘲讽和李小霞爸爸嘴角的讥笑，都被逐出家门了，还热脸贴着冷屁股，拜谁的年？哪门子的年？

有次袁牧野实在没有忍住，在李小霞连续三次踢掉他企图跨越床上界限的双腿时，终于拔掉了喉咙里的那根刺。

李小霞一家从不去浴室洗澡，这对袁牧野来说匪夷所思。寒雨天泡浴，犹如冬阳下捉虱。人往往喜欢华美的泡，蛰伏已久的冻疮却依然如期而至，啮咬你敏感的神经，使你的微笑倾斜，泡子皱褶。冬日里，尤其是在雨雪天，他最喜欢和父亲泡在镇上浴室的大浴池里，自在惬意。窗外白雪皑皑，折射的白光穿透窗棂，像是来觊觎浴室晕黄灯光下的温暖，浴池里的水如流年般浑噩，却也波光粼粼。茶杯就放在池子的台阶上，触手可及。父子俩互相搓个澡，搓去旧年痕迹。

袁牧野起床，收拾东西预备去浴室泡澡，他打算就在浴室里过一夜，这是他和李小霞每次冷战温暖自己的方式。李小霞从床上一跃而起，劈手夺下他手里的衣物，还好意思去浴室！也不知是真的去洗澡还是去偷食！

袁牧野没有理睬李小霞，他推了李小霞一把，李小霞跌倒在地，号哭起来。李小霞的爸妈打开房门，李小霞妈妈急切地上去护住李小霞："怎么动起手来了？他是个男人，你是打不过他的。"

李小霞爸爸站在房门口对李小霞妈妈说："他算得上是个男人吗？就是一只养不熟的白眼狼！"

袁牧野冷冷地抱着胸说，不知是谁养谁？你们住在我家，吃我的，住我的，还说我养不熟？

李小霞妈妈插了嘴，我们有劳保，有工资，我们没有吃你喝你，你老婆孩子总归要养吧！况且，当初那边房子装修还是我们出的钱。

李小霞爸爸冷笑了一声，我就说这小子不是个好东西吧，你们不信！估计他父亲也是被他气死的，不然房子怎么不传给自己的儿子，却传给外人，可见他父亲是伤透了心！

我就算不是好东西，但我没有把女人往家里带过！袁牧野终于把他喉咙眼的刺像箭一样射了出去，一家人都愣住了。

你给我说清楚，谁把女人带家里了？李小霞爸爸色厉内荏地抓住袁牧野的衣领。

够了！李小霞歇斯底里地大叫了起来，袁牧野，你敢说自己是个好东西吗？那你频繁去浴室干什么了？你衣服口袋里那张尖锐湿疣的报告单到底是怎么回事？

事情往往开了头，以后就好像越发收不住，这个家开始与袁牧野无休止地争吵混战。早先，袁牧野心里认可了李小霞妈妈，结婚后，改口和李小霞一样叫"妈妈"，尽管这两个字生疏了好多年，他在心里默念了好多次，对着镜子看着自己的嘴形，把嘴角往两边上扬，是否自然。但自那次争吵后，李小霞爸爸不准袁牧野再叫李小霞妈妈"妈妈"，不准李小霞妈妈替袁牧野洗衣服，不准在家抽烟、喝酒，餐桌的上首永远是他的位置。

以前跑船，假期就像一场宿醉式断片，起码最初一两个月还会因为他蓦然地回归，上一次休假琐碎生活中所显现的狰狞因时间的推移而略显惨淡，各方呈现隐忍的短暂的融洽。而后，宅在人体某处各种疲惫慵懒重新显现碰撞，又在下一次的别离中暂缓自愈。

袁牧野觉得对这个家的贡献已经足够的时候，感觉到自己体力和心力逐渐不支，和公司打了申请，要求调回岸上，不再跑船。一开始，公司安排他在上海办事处。李小霞当着袁牧野的面打电话给公司总部老总，责问为什么不让袁牧野上船，回到办事处薪资只有跑船的三分之一。女老总一句话都没说，摁断了电话，发信息给袁牧野，让他安心在办事处调度，勤回家看看，好好修复与老婆的关系。

袁牧野感觉自己越来越跟不上李小霞的步伐，甚至于她爸妈的步伐。野心，对于一个漂亮的女人，或者有根基的家庭来说无可厚非，但是对于一个长相普通、没有背景的女人和家庭来说，更像是一场灾难。李小霞开始接受袁牧野上岸的这个事实，因为她对上海这个地方情有独钟，符合她对大上海小资生活的所有向往。李小霞开始狂热地幻想把上海这块宝地作为改变阶层的阶梯，她把手上所有的房产包括他们现在住的房子，一股脑全挂在了中介网上，也就是说，她把所有的房子全卖掉，才能置换上海的这处房子，将来也可以给儿子做婚房，她爸妈也准备把所有的积蓄都奉献出来装修新房。李小霞多年前看中的地铁口的那套房子房价已经飙升至上千万。上海，成了李小霞的旧痂新伤，袁牧野的姐姐更是作为她嘴里喷出的无数支利箭的靶子。袁牧野实在无法想象祖孙三代甚至四代挤在一个屋檐下的场景，再次坚定了自己的立场，他调了工作，调到了北京办事处，连带他所有的劳务保险关系。

此后，节日就成了他回家的一个借口，四季更像是一轮冗长沉默的对话。等到一个轮回结束，接受下一轮的拷问。

　　袁牧野把手里的烟蒂扔在身后的垃圾箱里，小区门口的那家饺面店已经歇业，门上贴着大红的春联。袁牧野只得饿着肚子，后悔没有在火车上吃早餐，熬过了今天一天，明天一早他就回乡下镇上，初七，直接回北京，新年很快就这么过去了。

　　袁牧野上了电梯，摁了楼层键，电梯在 13 层处停了下来，袁牧野深呼吸了一口气，拖着箱子走出电梯。袁牧野刚想按门铃，门虚掩着，水汽因为寒冷而呈白雾状泄露出来，让袁牧野有种久违的湿润的温暖。袁牧野推开门，客厅的餐桌旁，三个脑袋正挤在一起，桌子上铺放满了白花花的饺子。厨房里，煤气灶上的水"咕嘟咕嘟"冒着热气。袁牧野把拉杆箱放在门边，弯腰解下鞋带，从鞋架上拿下拖鞋那一刹那，他发现了一件东西，那是一根拐杖！他自小再熟悉不过的拐杖，他曾经因为藏起这根拐杖而被父亲结结实实地揍过，这拐杖第一次出现在他和李小霞他们的房子里，突兀而又顽固地杵立在墙角。父亲放倒了屋后的老榆树，打了好几根大小高矮不等的拐杖，这根拐杖显然用了很多年，夹在腋下的那层木头表面，光滑得散发出像是被清漆刷过的光泽。

　　袁牧野急切从三个聚拢着的头颅里找寻他要找的目标。这三颗头颅，头发都已不再丰茂，有一颗像是顶了一头稀疏的鱼鳞，那是李小霞妈妈。

　　李小霞略抬了一下头，在袁牧野的记忆里，李小霞好像从未长发飘飘，都是齐耳短发，头发和她人一样，利索干练。这么一会儿才回来，站在那里磨蹭什么？你把冰箱下面的抽屉打开，看看刚刚放进去的饺子有没有冻好，冻好了用保鲜袋装好了，放在上一层抽屉里，把桌上的饺子再放进去速冻。你姐姐来了，也不打声招呼？

　　还没吃早饭吧？姐姐转过身，盯着袁牧野看，没有以前在镇子老屋姐弟对话时的谦卑躲闪，黧黑的脸上很是坦然。一家子都等着你吃饺子呢，算好了你回来的时间，等不及，外婆让侄子和外公下楼去接你。大过年的，应该一脚先奔家里，不想你竟耽搁了会儿，没得让人悬心。不是做姐姐的今天拿大说你，公司哪有这般忙碌，竟然年三十才回来？

　　姐姐这话就对了！李小霞妈妈接过话，用盘子拾了水饺，进了厨房。我们平时并不敢这样说，怕他多心。饺子看来要分作两锅下了，一锅下不了，姐姐你们先吃，我和她爸爸第二锅再吃。

袁牧野依言把冰箱收拾好，把桌子腾出来。客厅的阳光拉长了一点影子，一直斜射到桌子里。袁牧野背过身子，红了眼睛，近几年，他发现自己容易被感动。这一刻，他是感激李小霞他们一家的，至少没有他想象中的糟糕，李小霞和她的家人在他姐姐面前维护了他的颜面，没有闭门谢客，或者揪住姐姐枯黄的头发厮打。

他仗着有地方去！李小霞接口道，熬了这一宿，明天一大早他就如鱼得水了，这个家何曾是他的家，那个镇子才是他思想堡垒里的家。

可是，镇子快没有了！姐姐哑着嗓子说。

什么？除了姐姐，屋里的三个人都有点吃惊，停下手里的活计，不约而同地问。

过了今年这个年，因为河道拓宽，小镇就要拆迁了，老屋也就不存在了。弟媳、外婆、我之所以一脚寻来，没有提前告诉你们和弟弟，我是有一点羞惭，为了那一点拆迁款拿得心安理得，我存了私心去市里公证处，又问了三叔，哪里有什么公证，也没有遗嘱。我现在终于明白父亲的苦心，当初父亲把屋子留给我，原是舍不得我，没有个好手脚，在镇子上刨食终究方便些。二来，老屋在，根就在，我和弟弟的念想就在。料不到，年后就拆了，我一直理直气壮地住着你们的房子。

　　李小霞妈妈叹了口气说，不要说了，我们早就知道了，这丫头精得要死，什么事瞒得过她？她小人心，早就去查过了，依着性子想去小镇和你们闹，硬是被她爸爸按下了，只为袁牧野来去有个奔头。再说，老屋你原本也有份。

　　那你们住哪儿？李小霞和袁牧野同声问姐姐。

　　镇上的安置房很远，我们打算回你姐夫的庄子上。你姐夫和我打了一辈子的肚皮官司，一辈子憋屈，总认为他占了你们的房子，不是他亲手砌的，睡不安稳。他父母给他留的三间地皮还在，现在拆迁了，正好遂了他的愿。

　　李小霞妈妈已经把煮好的饺子端上桌，拉着袁牧野姐姐想让她坐下来。袁牧野姐姐的一只脚立在地上，一只腿半跪在椅子上，不肯就坐，对着袁牧野说，还是下楼先把你丈人叫上来吧，让老人先吃。还有，我赶在今天来主要目的还是恳请外公外婆，让小霞今年带上侄儿和袁牧野一起下乡拜年，到老屋给父母遗像作个揖。拆迁合同由他们签，他们原是这家的主和根，我这个姐姐做的不够格。

　　袁牧野正准备换鞋下楼，比他高半头的儿子一手推门，一手搀着李小霞爸爸进门了。李小霞爸爸的怀里抱着春联，儿子蹲下身在老人的鞋子上套了鞋套，换鞋这件事须得李小霞妈妈，他才肯脱下鞋子。袁牧野接过李小霞爸爸手里的春联，把餐桌上首的位子腾挪干净。

你们都坐下来吃！接着下第二锅。李小霞的爸爸说，尽管他瞧不见各人所在的位置。大家先尝尝味，这锅吃完了，下一锅也就好了。

袁牧野端着碗，看着袅袅升腾的热气，年味落在日子里其实就是门上的春联和碗里的饺子，落在心里其实就是撕掉旧楹联时的一声唏嘘，是一个弥补缺失的机会，不论是对别人，还是对自己。

关关雎鸠

··· 1 ···

黄谷雨推门进来敬酒的时候，顾一笑正端着酒杯，笑容还没来得及荡漾到眼梢，就在顾一笑的唇边冻住了。顾一笑迅捷地抿了口红酒，和众人一起站起身来。

"这是我们雍雅美女的老公，我们今天晚宴的东道主。"祝大师尖着嗓子，或许声带过于细小的原因，即使伸长脖子，用尽全身力气在讲话，但还是对耳膜产生不了冲击力，声音像是被机枪扫射过的布袋一般，四面漏风，尖锐但不锋利。顾一笑立刻想到了"关关雎鸠"里跌落在沙洲上的"鸠"。祝大师喜欢讲话，越俎代庖替雍雅作了介绍。

"今天他在隔壁还有一桌，所以不能陪大家，各位担待些"，雍雅用眼角妩媚地斜视了一下黄谷雨，笑吟吟地举着酒杯嗔道，"你且先敬大家一杯，和大家赔个不是！"

"实在抱歉！"黄谷雨端着酒杯乖觉地在雍雅身边停了下来，挤在雍雅和顾一笑中间，另一只手搭在雍雅的肩膀上，目光一点也没有在顾一笑身上打滑，却在祝大师的眉毛处落了下来，"祝大师今天肯赏光，黄某不胜荣幸，我和夫人一起敬祝大师和在座的各位老师。"

黄谷雨刚做出仰脖的姿势，祝大师急忙放下酒杯，右手食指抵住左手手掌，做了一个告止的动作，"第一杯只能代表你个人，不好牵扯到你夫人。第二杯，才算你们夫妻俩的同心诚意。"

"多大的事！"

黄谷雨刚想把杯中的酒倒进嘴里，祝大师又立刻起身制止了，面对着顾一笑说："小顾，你闻闻黄总的酒杯，是不是酒？"

黄谷雨好像这才注意到顾一笑，脸上带着微笑，把雍雅搂得更紧一些，"美女，你闻闻，有没有酒味？我黄某人生平最不喜欢作假。"黄谷雨把酒杯递到顾一笑的鼻尖，一本正经地看着她。

"好你个荷兰猪！"顾一笑在心里狠狠地骂道，想起他在浴缸里泡得粉红的皮肤，表面光滑的皮肤布满了疙疙瘩瘩，就像出荨麻疹一样糙人。顾一笑故意把鼻子靠近酒杯嗅了一嗅，"的确是酒，有酒味呢！我作证，他没有作假。"顾一笑朝着祝大师笑道。

祝大师这才让黄谷雨喝了杯中的酒，又让顾一笑把黄谷雨、雍雅的酒杯斟满，黄谷雨又把雍雅手里的酒吃了，才得以脱身。黄谷雨在出包间的门时，坐回位置的顾一笑下意识一抬眼，黄谷雨迅速地瞟了顾一笑一眼，反身把门"砰"地带上了。

顾一笑这才知道雍雅和黄谷雨原来是夫妻，小城真是小！有次顾一笑被人邀请出席一个饭局，那次吃饭的名目是拜师宴，请客的人说要引荐一个阔太，拜一个大师为师。祝大师被人一本正经介绍时，顾一笑差点哑然失笑，她实在无法想象，对面的祝老二就是这个小城近年声名鹊起的祝大师。顾一笑认识祝老二大概也有十几年的时间，尽管中间断了档，可人站在面前，一开口，那独特的腔调，还是很有识别度。祝大师没有装神弄鬼地留长发，也没有蓄须明志穿长袍，皮囊倒是换了，因为瘦，手倒是比以前更加细长白皙，不像以前黢黑的乌鸡爪似的。

那时她和徐红是闺蜜，祝老二还只是个在西园菜场卖野货的，这好像是他家传的营生。每到秋冬季，朔风扬起，他的鱼摊只是他的一个幌子，老城区的人，大都嘴巴刁钻，知道他脚下蛇皮袋里一拱一拱的是野货：野鸭、野兔子、刺猬。为了追求这些野货新鲜的口感，都是通过祝老二那双手活剥的。手上有了钱，只要徐红一个电话，他就屁颠颠地骑着他的破自行车，去给牌桌上的徐红送钱。徐红后来跟一个在牌桌上认识的包工头走了，顾一笑就没在鱼摊上看见过祝老二。后来野货也不能遮遮掩掩地卖了，祝老二的摊位换了人，顾一笑也懒得去问询新摊主有关祝老二的下落。经年不见，祝老二现在的身份是市里著名的书画大师，其作品据说在全国多次获奖，在北京荣宝斋办过个人展。

祝大师再见顾一笑的时候，也如今天黄谷雨般，只是祝老二的声音比黄谷雨高了几个温度，"幸会幸会"！祝老二不住地和顾一笑拱手，不过也都没有露底，都是初次相识的模样。

见了祝大师后，顾一笑心里明镜了，雍雅眉眼有点像徐红，看来祝大师在对女人审美上，还是原来的标准。当年，祝老二要去给徐红家写春联，徐红斜睨着丹凤眼对顾一笑说："倒贴我俩钱我都不要，哪有买现成的漂亮！他那鸡爪子能写出什么好字，哄鬼罢了。想去我家，门都没有。"

顾一笑的手机震动了一下，她点开一看，果然是黄谷雨发来的信息：晚饭后，老地方。顾一笑抬头朝雍雅看过去，雍雅和祝大师的眉毛正在打架，从顾一笑的角度上看，两人的目光短兵相接在同一水平面上。

顾一笑没有去赴黄谷雨的约会，也没回信息，她没有这么好的兴致，黄谷雨挤在她和雍雅的中间，是什么意思？向她替雍雅宣示主权？顾一笑不去还有另一层原因，祝大师饭局一开始就发信息给她：饭后一起走！

"祝大师交给你了啊！"饭毕，雍雅浅浅地笑着对顾一笑说，"你要保证把他送回家，他今天的酒有点多！"

··· 2 ···

走出饭店，雍雅上了黄谷雨的宝马，夫妻俩朝众人一挥手，车子疾驰而去。祝老二舍不得自行车，有点踌躇是否要坐顾一笑三厢座的小车，又开不了口让顾一笑坐他的自行车，或者陪他一起走路。顾一笑笑了起来，"祝大师，现在手机都绑定了银行卡，小偷已经失业了，谁会去偷一辆破自行车，明天早上再来取吧。"

"我是怕捡破烂的"，祝老二把自行车从门口归置到饭店的停车场内，上了顾一笑的车，拍拍屁股下的垫子，"小顾，混得不错啊，车开上了啊！"

"士别三日当刮目相看，你不也成大师了！"顾一笑吃吃地笑了起来。

"不要叫我大师，我们都是知根知底的人！"祝老二暗哑了声音，听起来倒让人感觉到几分真实，"我们两个人之间不需要套路，都是见证过去落魄的人。我想起那年你在高速公路上的事，那时我就认定你会成事。"

"什么事？"顾一笑着车，打开转向灯，看着后视镜，一时没有会过意来。

"不说也罢，记不起来就算了。"祝老二"嘎嘎"地像个野鸭笑了起来。

"你个祝老二！"顾一笑握着方向盘，耳朵有点发烫，"你住哪个小区，你还没有告诉我现在住哪儿？"

"我们去西城吧。"

"你还住老城区？"顾一笑踩住了刹车，不确定地转过头问祝老二，祝老二没有和她并排坐在前排，他错开位置，坐在顾一笑的右后方。

"我想去老菜场转转，好多年没有踏足了！"祝大师有点可怜兮兮地望着顾一笑。

"我可没有时间和你去怀旧！"顾一笑有点嗔怒，"你发信息给我：饭后一起走。到底有什么事？不过，关于徐红的事情就免谈，我无可奉告。"

祝老二沉默了一会儿，"你把我送过去就回，我回头打的把自行车骑回去，我还有点别的事和你谈。"

顾一笑无奈地摇摇头，调转车头朝西城开去，"有话就说，不要绕圈子。"

"小顾，我想让你做我的经纪人。"祝大师恢复了原来的语气。

"你可真时髦！"顾一笑撇了撇嘴，"你是影视明星？"

"我以为你在社会上混这么多年，与时俱进，还是土包子。你不要瞧不起我，你打开百度看看，把我的名字输进去，查查我的润格费。"

"那又怎样？用得着这么夸张？还经纪人！"

"我说你这个人啊，有时候很轴。雍雅想做，我都没有答应。"

"谁信！"顾一笑嘴角浮起一丝讥笑，"她是不是闲得慌？我有点想不过来，在家做阔太这么多年了，怎么会和你这种人搅合在一起。"

"可见，英雄不问出处！这句话是说给成功的人听的，世人惯会踩低爬高，你不要老是起底我的过去。这有什么想不通的，人往往物质要求得到满足后，就会追求精神上的享受。"

"饱暖思什么来着？"顾一笑冒出了这么一句。

祝老二不由得笑出了声来，"你把人又朝世俗上讲。说正经的，小顾，你看，这不同以前在菜场偷偷摸摸地卖野货，我的字画，我就像鸟儿爱惜自己的羽毛一样，不允许贱卖，更不会无缘无故地送人。当然，你排除在外。我知道，你不屑要，就像多年前我要给你们写楹联的时候"，祝老二顿了一下，"黄谷雨想要打造一个文化教育联盟基地，搞个城市文化长廊，他有没有和你说过？"

"他为什么要和我说，我和他又不熟。"顾一笑心里有点吃惊，她梳理刚才在饭桌上的表现，并无破绽。是了，这个祝老二本来有点不着边际，不过信口开河罢了。

"哦"，祝老二应了一声，没有就这个话题开展下去，"雍雅和我说，黄谷雨看上了西城的一块地，他想拿下来。"

"老菜场？"顾一笑问。

"真真是个玻璃心的人，我一说你就通。"

"那和让我做你经纪人有什么关系？"

"黄谷雨打算先期在菜市场这里搞几次书画展，让人们脑海里形成一个定式，把菜市场的印象抹去，这里原就是老城的文化中心所在。"

顾一笑没有接话，黄谷雨的确没有和她说过此事，她不过问黄谷雨公司里的事，除非是黄谷雨主动和她说。她只知道黄谷雨是这个小城最牛掰的开发商。男人于她好像是身外之物，她没有把自己拴在一棵树上，也没有一个男人奋不顾身地对她好。现在的人，哪一个不是修炼得金刚不败之身！她有自己的一个小公司，自己是老总兼业务员。不过，实事求是地讲，顾一笑的许多客户，都是黄谷雨在饭桌上帮忙给介绍的。

"雍雅让我带头召集本城书画界的，不好意思，我这几年混得还不错，是书画协会的会长，可是，我总不能和人空口白牙去说吧。"

"所以，你让我做这个经纪人，说白了，就是和黄谷雨去说钱的事，你自己不好意思说，打这个主意，把蜡烛点在我头上。"顾一笑一针见血，"我就奇了怪了，你怎么会认为我会做你这个经纪人，我好像没这个兴趣。"

"我能让你做这个协会的常务理事，没有工资，但可以按每幅字画的 5% 拿提成，当然，这点钱也许对你没多大吸引力，但细算下来，也是一笔可观的收入，没有人嫌钱多不是？"祝大师说，"人活一世，光有钱也没多大意义，想不想换个称谓，提升一下身份，或者用你犀利的言语剖析，就是漂白一下自己，也未尝不是一件好事。"

"雍雅不是愿意做吗？"顾一笑说，"为什么不让她来做？"

"人怎么可以占尽好事儿！她拥有的太多了。"

"你是不好意思和她提钱吧？"顾一笑呵呵地笑了起来。

"你这个人就是这点可恶，什么话到你嘴里，就像被扒了一层皮，女人还是娇憨一点好！我希望你考虑一下，你想啊，你的名片拿出来，下面多了一行：市书画协会常务理事。这个名头缀上去对你的生意有百利而无一害，只会锦上添花。"

过了高架桥，很快到了西城，一个街区的兴起，也意味着另一个街区的没落。虽然七拐八拐，路灯昏暗得像迟暮美人惺忪的眼睛，顾一笑还是把车准确无误地停在废弃的菜场门口。

祝老二打开车门，"你不下去走走？"

顾一笑摇摇头，"有什么看头？这里很难打到车，你快去快回，我还把你捎到饭店门口。"

"谢了！"祝老二咧嘴一笑，下车，快步向菜场里走去。

顾一笑坐在车里，祝老二细长的身影缩成一坨，两只脚就像菜场以前夜市熟食摊砧板上的刀，细碎密集地咚咚作响，却仍然被裹在影子里。顾一笑的手机再次震动了一下，顾一笑低头点开，仍是那几个字："老地方！"

顾一笑抬头的时候，却不见了祝老二的身影，顾一笑按了按喇叭，斜刺黑暗的角落里忽喇喇跑出一个人来，祝老二拎着裤子，直奔顾一笑的车。上了车，随即拉上车门，十几条狗围着顾一笑的车门狂吠，空旷的菜场因为狗的狂吠、追逐而欢腾起来。顾一笑不由大笑了起来。

"姑奶奶，还笑呢？"，祝老二捋直裤腿，把裤子前面洞口的纽扣扣好，"乖乖，这么多流浪狗，幸亏反应快，及时把老二揣回去，不然，吃饭的家伙就被叼走了。"

"死不要脸！"顾一笑啐了一口，"我记得你以前一说话脸就红，一着急就结巴，什么时候变成老油条了！"

"除了变，什么都可以改变！"祝老二摇头晃脑说，"本来想来这里寻些东西，找些灵感的，竟闹了这一出，惊出一身冷汗！"

顾一笑没有回她和母亲居住的老屋，尽管她有了钱后，把老屋修缮一新。她把所有老式的木格门窗都换成铝合金的，墙里墙外贴了瓷砖，就如她母亲说的，家里亮堂得晃眼睛，晃得她晚上睡不安稳，总是白天似的。她也没有去黄谷雨说的"老地方"，那是黄谷雨众多楼盘的一个单元居室，黄谷雨从来没说要送房子给她，她也没有提出过这个要求，这里俨然是黄谷雨众多行宫之一。顾一笑回到自己的住处，这个两居室是她自己买的，没有人知道这个地方，包括她的母亲，也包括黄谷雨。她把手机关了，把浴池里的水放满，脱得赤条条的。她把自己沉到水底，把头靠在浴缸沿上，慢慢地闭上了眼睛。

顾一笑做了个奇怪的梦，梦见自己还是女孩儿的样子，梦见自己掉进了水里，她死命地向岸边游去，快速爬上了码头，赤脚走在回家的路上，在巷口那座护城河桥上，昏暗的灯光下面，她看见一个鬼影，披头散发地坐在桥头。她惊慌失措地拼命跑进母亲的房间，母亲迎面给她一巴掌，"大黄"朝她母亲"汪汪"地叫了起来，那个鬼影躲在她母亲的身后，露出白森森的牙齿。

3

　　除了西城这一处，老城已经被打造得连土生土长的顾一笑也感到陌生。顾一笑走在城南明清一条街的青石板路上，就像走在某个明清题材电视剧的场景里。街上的游人三三两两，散散荡荡，有穿裤头汗衫外面披着长袍的，也有穿汉服却脚蹬运动鞋的，到处都是穿帮的镜头。顾一笑在一个"听雨邸"门口停了下来，她踌躇了一会儿，慢慢地踱进去。门里昏黄灯光下的女人好像被惊吓了，斜斜地支起身，黑黄的脸上尽管施了厚厚的粉，也许是因为涂抹技术的不够高超，或者脂粉的质量不够上乘，仓促地露出了底色，倒是嘴唇的那抹鲜红稀释了脸上的斑驳。

　　女人扯了扯身上散发缎面光泽皱褶的旗袍，用力把臀部提了又提，指着挂满照片的墙，絮叨地介绍这个工作室的主人。祝老二的全身、半身挤在许多市里市外甚至全国知名人士的合影里。许多荣誉证书像大红喜帖，光影飘忽。顾一笑掀起竹帘，移步院子，院子里有一汪池水，池子上方的土墙上镶嵌着几口倒睡的瓦缸，瓦缸里的流水淙淙，和水面形成落差，倒是有点像中国人舍近求远去看的韩国宫殿。顾一笑没有跟着女人的引导走向后屋，她知道后屋一定是个明码标价，如同复制粘贴的古镇古屋的书画卖场。顾一笑及时转身往回走。女人也许把顾一笑的闯入理解为误打误撞，没有紧追顾一笑，生拉硬拽。两人都因释然而面部柔和从容起来。竹帘深处人影绰约，娇笑悦耳。

徐红曾经也是这样的巧笑倩兮。徐红当年心血来潮，拉上她和祝老二去青岛谈啤酒代理。大巴上了高速没多久，徐红就抱怨祝老二早上给她买的稀粥。顾一笑看见徐红跷着的二郎腿不停地换动，像是关在马厩里的骡子，屁股在座位上磨来磨去。祝老二问司机可不可以把车停下来，他想下车去撒泡尿。司机握着方向盘，粗着嗓门说，高速上，哪里可以停车？憋一下，到服务区去解决。

这件事前些天让祝老二提起，现在想起来，仿佛就在眼前。顾一笑起身果断地让祝老二和她对换了位置。徐红本来要顾一笑和她并排坐，祝老二硬是把顾一笑挤到前排，死皮赖脸地和徐红坐在一起。顾一笑把装有香蕉、苹果的方便袋腾下来，递给徐红，脱下外套，像个斗牛士拿着斗篷，挡住旁边乘客的视线。又命令祝老二也脱下上衣，蒙面举起衣服，挡住前面乘客的视线。徐红就这样半蹲在座位上，解决了内急问题。当徐红拎起裤子，把方便袋的口扎了一个死结扔进放置在过道上的垃圾桶时，长吁了一口气！顾一笑大义凛然地说："活人总不能被尿憋死！"算是替徐红给整个车厢目瞪口呆的旅客一个最好的解释和致歉。

但是事情谈得很不顺利，可以说连门都没摸着。市场部的一个经理很客气地接待了他们，此人摸不清他们的来路，开始还规规矩矩地说话，把他们当钱多人傻的客户来巴结。后来就嬉笑起来，立起了身体、挺着啤酒肚轻佻地在徐红脸上捏了一下，笑着把他们送出办公室。这次出行彻底浇灭了徐红的昂扬斗志，他们这三个没有背景、没有资金、没有经验的城市最底层的青年，就像被人扇了一记耳光。徐红开始在牌桌上流连，涂鲜艳的指甲和唇膏。

徐红离开这座小城后，顾一笑开始替经销商跑市场，各个超市投放牛奶、火腿肠、方便面。后来认识了黄谷雨，开始做些建筑基建配套设施的订单。在黄谷雨的指引下，顾一笑注册了自己的公司，虽是空壳，买空卖空，倒一个手，利润倒也可观。可以说，黄谷雨成就了她，她和黄谷雨这种松散的合作关系让她感到很熨帖，就像互不寄生、又互相觊觎的苍鹰与秃鹫。

⋯ 4 ⋯

顾一笑把祝老二让她做经纪人的事情告诉了黄谷雨。黄谷雨沉吟了一下，"这未尝不是一件好事。"黄谷雨晃动着手里的酒杯，红酒在夜色的光晕下发出幽暗的酱紫色的光。"他看中你，说明你有利用之处。早知你能做，倒不必舍出雍雅来，绕这么一个大圈。不过，话说回来，对我来说也没有什么区别，都是我的人！"

"我算是你什么人呢？"顾一笑作出一副委屈的样子，如幽幽的台词一般，"她是阔太，我算是什么？"

黄谷雨皱了一下眉。顾一笑觉得自己实在没有必要，矫情得近乎荒唐，立刻又换上了不经意的神气，"你怎么会想到和祝老二合作，你们根本就不是一路人。"

"怎么说呢，"黄谷雨停止了手上的晃动，"从根源上讲，我们还真不是一路人！你和祝大师、雍雅是这个小城的居民，城里人——"

"雍雅是前副市长的女儿！她和我们不是一条道上的，不在一个阶层！"顾一笑打断了黄谷雨的话，纠正道。她想到了徐红，如果按阶层划分的话，徐红应该和她是一个层次。

"那又怎么样呢？我是外来者、农村人，虽然互相瞧不上，但终究殊途同归！"黄谷雨突然一笑，"祝大师以前在西城菜场很有名气，倒不是因为他的字，而是因为他的那双手。不论什么飞禽走兽，只要是经过他的那双手，无须再过第二次手，比沥青去毛还要干净。写字画画，真是暴殄天物，可惜了啊！但现在也只有通过他的手，我才能拿到这块地。老城区要保护原有风貌，不允许再开发利用，而我对那块地又恋恋不忘，志在必得。"

顾一笑随手抱起一个靠背，冷眼注视眼前的这个男人，他身上穿的是半旧不新的水洗棉衣裳，腕上的表是石英表，但还是显示出与质地不符的灼眼光泽，这个男人身上有一种气息，即使是大街上，路边的流浪狗看到黄谷雨，都蹑手蹑脚地沿着路边的灌木丛贴地而行。顾一笑此时猛地想到了多年前的祝老二，想到冬天风口里，祝老二那双鲜血淋漓的手，其实并不完全是那些野货的鲜血，还有因为冻疮皲裂而像豁嘴的石榴，殷红斑斑。徐红嫌弃地用艳红的指甲，从这双布满裂痕的手里抽离钞票时鄙夷的神情，此刻好像复刻在黄谷雨的哂笑里。

"祝老二的意思是办书画展可以，但是需要用钱，这些作品就像走穴的明星一样，要有出场费。"

"这个祝大师，底牌竟是这个，端的这个架子！"黄谷雨摇摇头，"我全买下来！有多少幅，买多少幅。"黄谷雨看着有点错愕的顾一笑，"但只有一点，作品必须是参加过省展或者国展的。"

"为什么？"顾一笑有点不解。

"这些人羽翼未丰之时，对写字作画是有敬畏之心的，最是能代表真实水平。真正得到了某个头衔，反而是鬼画符。不过，这些字画也许因为日后成名，行情益发水涨船高。你去和祝大师讲，能用钱解决的都不是问题。"黄谷雨撩了一下顾一笑的头发，"当然，我这也是为你做事，提成不会少了你的，祝大师给你多少，我就给你多少。"

"他说他自己的画不卖！"

"不卖就不卖，我不喜欢夺人所爱！他也就这么一说，他其实比其他任何人都更需要钱。写字画画这类所谓的文化，大都是有钱有闲的人的玩意，平民百姓怎么玩得起？他——祝老二，不，祝大师能玩转，说明他有过人之处，有两把刷子，所谓：蛇有蛇道，鳖有鳖路。"

5

　　菜场按计划改造得很快，简易的木工板、烙花生锈的铁架、塑料、泡沫板，甚至麻绳，在顾一笑雇来的装修的人手里，重新塑形定义出来素淡、宁静、原始、旖旎的风光。祝大师在他当年的摊位位置放了许多画。画里每只鸟的羽毛，犹如黄永玉设计的猴年邮票一样，一根根栩栩如生。所有的画作中没有一尾鱼！菜场就像一个垂死之人回光返照般地精神起来，喧嚣热闹以致拥堵不堪，汽车的喇叭声绵延不绝，仿佛是离菜场不远处废弃多年又重新开放的基督教堂里信徒唱歌。菜场四周氤氲着糖炒栗子的香气、卤肉的五香八角味。叫花子瞪着一动不动的白眼仁，胸前挂着工作证一样的二维码，瘫坐在自制的滑板上。面前地上摆放着一只手提的音箱，一个不锈钢碗，拿着麦克风，客串女生唱腔："甜蜜蜜、你笑得甜蜜蜜！"孩子手里的气球和棉花糖在父亲的肩膀上跳跃升腾！人们以赶集般的热情涌向这个菜市场，尽管这个地方重新被定义为城市文化长廊。黄谷雨在菜场门口设了门禁，让市民错峰进入，他想让他办的画展在烟火气息里冷峻、高大。

　　"没有什么不能改变！"黄谷雨转头对顾一笑说，"所

最后一次**逃跑**

谓落寞与繁华只是相对而言，没有在这里生活过的人，谁能看出这是个老菜场？"

"你在这里生活过？"顾一笑笑着问。

黄谷雨没有回答，眼睛鹰隼般扫荡着菜场的每个角落。肉案和鱼摊没有了腌臜和浑浊的痕迹，瓜果蔬菜、生鸡活鸭，都没有了气味和声息。不是在这里生活过的人，真的一点也看不出这是个老菜场。

"这样一改造，还真有文化的味道？"顾一笑说。

"什么是文化的味道？"黄谷雨吸了吸鼻子，"我倒是闻到了狗肉的香味。所有的命题只不过是人为的设定，都是伪命题，都不能改变它固有的气味。"

"这么巴掌大的地方，即使拿到手了，能干什么好呢，开发楼盘又不够，只能建一个大的四合院吧？或是两三幢别墅。"顾一笑听不懂也不想顺着黄谷雨的思路说话。

"我想开个狗肉馆。"黄谷雨执拗地笑道，"听说这里已经成了流浪狗的聚居地，就地取材还真不错。"黄谷雨自顾地呵呵笑了起来，笑得让顾一笑有点毛骨悚然，"我还想让祝大师做我的厨师。这块地原来就是老菜场，它的气息还在，也契合它的气质。许多事情往往都要走一下弯路，才能溯本归源。"

顾一笑有点恶心，她不想辨别黄谷雨的话哪句是真，哪句是假，她对狗有着自然的亲近。她只养过一次狗，就是在这个菜场里捡来的。她妈妈和卖肉的屠夫讨价还价、眉来眼去的时候，一只小奶狗，脚前脚后地跟着她，咬她的裤腿，鼻子在她脚踝处蹭来蹭去。她母亲第一次没有不耐烦地呵斥她，她永远那么脾气暴戾，这一次破天荒地默许她收留了这只小狗，这好像在她记忆里，是唯一一件与母亲有共同温暖记忆的事件。母亲有时会和颜悦色地拿点钱让顾一笑上街买一根火腿肠，让她带小狗去街上遛半天。"大黄"长大变老后，母亲越来越讨厌"大黄"，这狗不识人，老是追着来她们家送肉的屠夫叫唤。

自从"大黄"莫名地消失后，她再也不养狗，哪怕是小型的宠物犬。徐红有一只博美，顾一笑投奔她的时候，她抱着那只洁白的狗，坐在富丽堂皇的客厅里，伸出一只手迎接她，狗朝着顾一笑天真地笑。徐红带顾一笑逛了许多条街，买了很多衣裳，劝说顾一笑留在她所在的城市，甚至说两人合开一个宠物店，她来投资，顾一笑来打理。徐红说这是很有前景的一个新兴行当。狗有时候像人，人却不像狗！两人谈得很欢，她们谁也没有提到祝老二、菜场，甚至那个小城，旧时光于她们就像是掉在沼泽地里的泥泞。

顾一笑晚上就睡在徐红隔壁的客房，徐红不准她去住宾馆。半夜里好像被"鬼压床"，迷迷茫茫好似有一个黑影向她身上压过来。顾一笑急得大汗淋漓，想动却又动弹不得，拼尽全力大喊一声，猛然醒来，那只博美伏在她的被子上，无辜地看着她。顾一笑走的时候，徐红的房门没有开，不知道她究竟在不在里面，只是门口有了一双男人的鞋子。这以后，徐红一次也没有打电话给她，她也没有再去找过徐红，好像什么都没有发生过，但好像又在身体的某个部位划了一个口子。黄谷雨这次说到开狗肉馆，她的胃差点就翻滚起来。

6

画展如烈火烹油般地连续搞了两场，在小城引起了轰动，文化效应迅速扩张，黄谷雨买下了所有的字画，同时也顺利地拿到了这块地的经营权。果真如黄谷雨所言，祝大师并没有像爱惜羽毛一样爱惜他的字画。相反，积压多日的字画他也清理出来，一一售罄，这个场地毕竟比"听雨斋"要大得多！

在拆除西园菜场内部画展设施的时候，顾一笑并没有去现场。这个生意她也告了一个段落，顾一笑两头进益，两全其美。顾一笑见证了西园菜场的旧风貌，又参与了菜场新的升华演绎，接下来的事情好像已经与她无关，她无力也无心去探寻它的走向。所以黄谷雨打电话让她陪他一起去的时候，她有点奇怪，黄谷雨对这个菜场上心得有点过了头，难得有什么事情让他亲力亲为。

她约雍雅去了美容院里保养，她和雍雅成了闺蜜。利益除外，世间没有永远的敌人，也没有永远的朋友。

只是后来坊间流传这种说法：拆除现场出了一件稀罕的事，几十只流浪狗像一群狼堵住了菜场的门口，眼睛瞪得铜铃大，舌头拉得垂到脖子下。狗吠的声音在空旷的菜场回旋，密集得像战鼓一样敲打着菜场天花板装饰的顶棚，一声紧替着一声，没有人敢只身近前。人们说得神乎其神，说黄谷雨气定神闲地下了车，就像领导视察菜场一样，又像是一个将军在检阅部队似的，一边走，一边面带微笑和周边的人打着招呼，点头示意，走向菜场。他的身后跟着一支十几个穿着保安制服的打狗队，每个人手上拿着一根长长的竹竿，每根竹竿的末梢套着一个散发幽蓝色光芒的网兜。

猝不及防，一群狗像是吃了兴奋剂，就像二郎神身边的哮天犬一样齐刷刷地扑向黄谷雨。人群还没有反应过来，黄谷雨已经被扑倒在地。黄谷雨被打狗队的人抢出来的时候，已经鲜血淋漓，呼哧带喘。

"黄谷雨原来就是一个偷狗的！"顾一笑还没来得及难过，祝老二竟然找到了她的住所。顾一笑没有让祝老二进门，祝老二隔着防盗门，神神叨叨地对顾一笑说，"黄谷雨以为套上人皮就人模人样的了！包工头就很了不起吗？"祝老二朝地上吐了口痰，用皮鞋狠狠在地上碾了碾，"我在菜场薅鸟毛的时候，他还是个拎着蛇皮袋的鬼鬼祟祟的乡下小瘪三，求着我收他的狗肉，鸟枪换炮，几时轮到他又来接收这个菜场了！"

顾一笑没有和祝老二说一句话，祝老二修长的手指仍然不住地抓挠着防盗门，像关在笼子里的困兽，又是哭又是笑地说个不停，声音尖锐而又像破竹篙一样沙哑。顾一笑缓缓关上了门，怕是惊扰到祝老二。顾一笑慢慢退回到房间里。

床头柜上，赫然摆放的是徐红和她早年合影的一张黑白照片！

猫狗同寮

　　宝霞打电话给我的时候，我正在纪念馆门前的广场上逗弄着大橘和三旺。虽是初冬，太阳还是很有劲，小阳春的阳光照得人身上暖洋洋的。大橘在广场前的草皮地上眯着眼假寐，时常不经意地跃起捕捉飞虫。三旺倒在草皮地上打滚，这是一只喜欢吃醋的柯基串串，游客只要先逗弄大橘，它就仰躺着露出肚皮在游客面前滚来滚去，惹人发笑。面对这样的队友，大橘是倨傲的，不怎么理睬这个家伙，也不和它争风吃醋。三旺很护食，喂食时总把脸埋在自己的碗里，风卷残云地吃光它的狗粮，就去大橘的碗里叼猫食。三旺像骆驼进帐篷一样，渐渐把整个身子都倾覆在大橘的碗上，大橘就轻蔑地别过脸去，移开身体，慢慢地优雅地舔自己的爪子，一遍又一遍洗脸。只有当馆里的讲解员小姑娘把从家里带来当早餐的煮鸡蛋，投喂它们时，大橘才会拿出老大的姿态。鸡蛋，三旺是一口也吃不到的，只要三旺胆敢前去接讲解员手里掰开的鸡蛋，大橘就会上去狠扇三旺一巴掌，呼呼地几次打下来，三旺再不敢造次，缩在旁边，伸着舌头在地上舔大橘嘴里漏下来的蛋屑。

"那个老头又来公司了，现在就坐在我的面前，而且带了一份书面诉讼材料，说让你和雨笛当面向他赔礼道歉。"我想象宝霞掩口打电话向我通风报信时鬼鬼祟祟的样子，嗓门压得很低，声音非常暗哑。

"不是已经和他道歉过了吗？"我猛地一下子站起身，怒火一下子冲到了脑门，差点趔趄摔一个跟头。大橘错愕地睁开眼，三旺也摇着尾巴转过身来趴在地上，盯着我看，明显我的反应影响到了它们。"而且，他也接受了道歉，并带来董事长的一张名片，也和门口保安握过手了，来馆里已经两三次了。"我对着手机几乎是吼了起来。

"他说这是个乌龙道歉，你们搞错了，去董事长办公室的不是他。他坚持说至今没有接收到任何道歉和处理意见。"宝霞显然也有点恼火，不知是对老头还是对我，说话不再遮遮掩掩。

"上次不也是在你办公室吗？你忘了？九个月前。"

真是坏人变老了！尽管我心里是这么想，但我还是忍住没有说出口，"你打电话让我和雨笛去你办公室，当面向他道歉。我们去的时候，你说他出去上厕所了，等了半天，整个办公楼都找不到他的影子。"

"哎！谁让我们是服务窗口单位呢？"宝霞在电话那头叹了口气，复又降低了声音，像是掩着口说话。"他又在打听新董事长的办公室，被我截胡到我这里来了。我已经悄悄地关照楼下的保安，这个人不允许再放进来。"

"服务行业就是弱势群体吗？赵部长，我们一再退让，太窝囊了，错又不在我们！"听宝霞这么一说，我更加气愤。上次这个老头到我们单位上访的第二天，一早上班，我刚到纪念馆，还没放下手提包，集团公司董事长就打来电话，不问青红皂白狠狠地批评了我一通。作为一个城市名片的文博场所负责人，馆里工作人员与游客起冲突，而你没有及时处理协调好，让游客跑到我办公室投诉，就是说明你工作方法不到位，工作能力不强。我这才知道，我们请男同事去厕所找老头时，他原来是坐在了董事长的办公室。我嗫嚅着刚想说明事情经过，董事长不耐烦地打断我，你不要和我解释谁对谁错，这有意义吗？我给了他一张名片，他去馆里参观的时候，好好地和老人家道个歉，市里正在创建文明卫生城市，你可不要给集团添乱！

"喂，在听吗？我发个截图给你，这是老人家发给我的，你看一下。"宝霞在电话那头开始一本正经地说。

我打开宝霞的微信，宝霞发了一个文档给我，我点开一看：

关于某某纪念馆及工作人员侵权行为的情况和基本要求

一、事情的起因

在某某纪念馆开馆不久，本人前去参观时发现纪念馆公示的制度要求和馆方执行存在着两面性，不合理、不统一，一个制度，两种标准。这是对政府文件执行中极其不严肃的态度，故要求馆方改正，以树立文明城市的良好形象。但事与愿违，遭到了不合理的待遇，没有负责人出面接待处理。详情可面谈，此处不赘述。

二、侵权要点（部分）

鉴于某馆无人接待的处境，本人向其相关部门反映这一情况，得到了"文广旅""执法队"（全称不清楚，这是他们的自称）等部门的热情接待，本人希望某馆在要求游客遵守公共秩序的时候，严于律己，起到表率作用。在督促改正的过程中，某馆与本人有电话、短信联系，并出现了某馆及工作人员侵权的情况，部分要点如下：

首先，捏造本人"要工作人员到我家里"事实，本人当即在电话里严正指出这句话本人从未说过，而某馆打电话的杨女士（自称既是工作人员，又是某馆负责人）进一步扩大事态，称"到你家里我安全得不到保证"。请各位领导评判，这些语言对当事人的侵害程度。

同时，电话里还称观众里有"漏网之鱼"。经查漏网之鱼是指：从网眼里漏出的鱼，比喻侥幸逃脱的罪犯或敌人。不知某馆说的"鱼"是谁？电话受众就是一个人，是否对电话这端的受众造成侵害？

第三，某馆对公众宣传中的自相矛盾视而不见，拒不改正，本人通过合理、合法的途径反映情况，某馆反而给本人扣"无理取闹""纠缠"的帽子，试问本人怎么"闹"的、怎么"缠"的，言行表现是什么？若不能拿出证据来，则败坏了本人的名声。

第四，"乌龙道歉"中的侵害。在本人的多次努力下，经部门领导协调，终于得到将"赔礼道歉"的消息。而实际情况是：某馆杨女士来电话，一方面继续指责本人"无理取闹"，另一方面说已通过电话赔礼道歉了，是你换了手机号。对此，本人暂将其称为"乌龙道歉"。本人强调的是，从未换手机号，不要捏造事实，捏造事实是要承担责任的。

以上事实叙述均有或照片或录音或文字为证。

三、基本要求

希望上级主管部门重视此事件，本着对工作认真负责的精神，妥善处理好侵权责任，给受害人一个公正、满意的答复。

看到老头这么细致详尽地写下这几条，尽管在我看来是非颠倒，我知道我和宝霞再多说也无用，她是集团所辖各个景区及场馆的运营部长，但性格懦弱，习惯了息事宁人。雨笛这个小姑娘已经从景区一线基层，从讲解员转身为人事文秘跳进了集团办公室，积极朝上走，她已顾不得我，也问责不到她了。这个事件已经过去一年半了，其间老头打过市长热线，去过文广旅局执法大队。可是我每次去，按他的诉求当面道歉，都看不到人影，他不和我照面，趁空脱滑了。执法大队的吕队长，对我直摇头，脸上全是同情。后来再去相关部门反映，相关部门直接指引他去我们集团公司。今天，老头仍然阴魂不散纠缠，我想，必须有个彻底的了断了。我换了语气，心平气和地对宝霞说："今天馆里接待多，游客也多，我现在走不开。明天你让老人到馆里吧，我当面向他赔礼道歉。"

"这就对了！"宝霞松了一口气，"多大的事啊，舌头打个滚。我明天陪他一起去，我来做个见证。"

我挂了电话，把在纪念馆门口负责登记游客信息、测量体温的保安队长"光头"叫到面前，叮嘱他，明天只要这个名叫"吴建国"的老头进馆，你就当他是个普通游客不去理睬他。我又特意关照门口负责引导整齐停放车辆的保安李军，老头一进馆，你就悄悄拍视频留存证据，防止他又耍赖。如果不接受道歉，再次胡搅蛮缠，立刻报警。

我没有了逗弄大橘的兴致，大橘乖觉地在我的脚边绕来绕去，一改慵懒的气息，用它长长的软茸茸的尾巴殷勤地蹭我的脚踝。我又叫来打扫卫生的保洁队长王庆凤交代，把它们关到猫房狗舍里去吧，明天千万不要放出来。所谓猫房狗舍，是广场建筑一角有个保洁员存放拖把、水桶、抹布的地方。小姑娘们替大橘和三旺各买了一个窝，三旺总是霸占着大橘的窝，和大橘挤在一起。后来，每到傍晚闭馆时间，保洁员把打扫工具放回的时候，总不见大橘踪影。

我们在纪念馆的院子里的树上看见了它，上锁的院门对它来说形同虚设。有好几次，王庆凤说，大清早，她提前来馆里打扫，大橘嘴里叼着鸟站在存放打扫工具的门口，等她把三旺放出来。我打过它好几次了！王庆凤恶狠狠地说。这是个刀子嘴豆腐心的女人。猫粮、狗粮不肯吃，都是小姑娘她们惯得，饿它们几顿，看它们还吃不吃！鸡蛋、火腿肠吃了还不够，还要上树捉鸟。奇了怪了，水池里的金鱼从来看不见它们抓过，有时候看它们趴在水池边上喝水，用爪子挠一下鱼，又放下了。

我走回纪念馆大厅，从口袋里摸出口罩，像一块膏药似的贴在脸上。我穿过报告厅向咖啡厅走去，说是报告厅，其实也是兼着供游客休息、看书、喝茶水的一个多功能厅。周末，尤其是寒暑假，空调开放，免费提供茶水，共享网络，许多初高中生、大学生来馆里学习看书，自觉遵守馆内各项规章制度，安静温和，如坐春风，济济一堂，让人看了心生欢喜，这里也成了纪念馆的一个网红打卡点。

"报告馆长，男厕没有便纸了！"报告厅角落一个瘦瘦高高的年轻人嬉皮笑脸地大声对我说，我厌恶地没有理睬他，径直朝咖啡厅走去。纪念馆是个上下三层建筑，办公区域在楼下负一层。说是办公区域，其实只有一个办公室，里面配有一台电脑和一台打印机，其余都是空置的房间。地下室阴暗潮湿，我只有在做台账、需要打印材料的时候才坐在楼下，平时我都是带了自己的手提电脑坐在咖啡厅办公。我动用了手里仅有的一点权力，按规定，咖啡厅只有游客买咖啡喝，有了消费，才可以坐在里面。我不喝咖啡，安之若素地占用角落的一张桌子。我们这个小城市，喝咖啡的人不多，也就相对独立安静。对于这个年轻人，我一开始并没有在意，他原是个无声无息的人，我以为也就是和许多预备考研的大学生一样，虽然开学了，还没有回校舍。后来听保安说，除非周一闭馆，其他日子他是风雨无阻和馆里讲解员一起上下班，朝九晚五。我也就留意起来，依据过来人的经验和眼光判断，他应该是已经出了校门，到了做父亲的年龄。保安说他口袋里有三四部手机，还有一台手提电脑，边看电脑，边偷偷摸摸地不停捣鼓手里的几部手机。他很警觉，不允许保安靠近，一个人在角落独占一张桌子，只要保安一靠近，立马用报纸盖住手机。怕是在网上赌博，保安和我说。我听了心里一紧，我想到的不是赌博，而是"翻墙"。

　　我勒令他交出手机，当然我叫上了保安队长"光头"，"光头"高大壮实，面相有点凶恶。这个年轻人站起身义正词严地和我交涉。请问，纪念馆是免费开放的，是吧？我坐在这里，没有妨碍到你们正常工作和公共秩序，是吧？保安不是警察，你们无权没收我的手机，你们这是野蛮的侵权行为。我被呛得无言以对。保洁王庆凤上来插话说，你把纪念馆当成了家，早上雷打不动地来馆里解一泡大便，冲都冲不干净，每次我都要特意为你刷一下坐便器。中午不回家吃饭，就在这里泡方便面，我要把窗子都打开了，才会把味道散开去，你就差把电饭煲带来了。困了就趴在桌子上睡觉，还不允许我说，我说了就说我是应该做这些事的，不然要我们这些保洁干吗？照你这样说，我们保洁是该死的，就应该把你当大爷服侍？我瞪了王庆凤一眼，明显她说的都是废话。我责令他以后不准在馆里吃泡面，要吃去外面吃去。我悻悻地返回咖啡厅，悄悄地打了个电话给所辖区的民警。民警来到现场，让他出示身份证。我在的时候，他拒绝一切调查询问，叫民警让我离开。民警后来在咖啡厅坐下对我说，那个年轻人在炒股。他之所以老来这里，说是因为这里安静，有网，他骗家里人在这里上班。

以后，只要见到我，他都会大声向我请早问好。

我在咖啡厅努力回忆这个叫"吴建国"的人，说老实话，到目前为止，我对此人的相貌特征毫无印象。这件事发生在开馆十几天后，他牵着一条大黄狗，那是一条土狗，已经很老了，毛发很长、眼角低垂、耳朵耷拉着，散发着垂垂老矣的气息，一点都没有三旺的活泼机灵。

吴建国牵着狗准备进馆，门口保安拦着他，指着门口告示牌，上面写着参观须知的告示：禁止携带易燃易爆品入馆；禁止携带各类管制刀具入馆；禁止在馆内使用轮滑、暴走鞋等轮式鞋；禁止携带宠物入馆。

吴建国气势汹汹地指着广场草地上翻滚的三旺说："那条宠物狗是怎么回事？而且还没有牵绳，不要说这不是你们纪念馆养的狗。我养的是条土狗，而且也牵绳了，为什么不让进？"

我是在接到文广旅局执法大队的电话之前，就知道"吴建国"这个名字了。在此之前，他已经打了"市长热线"投诉我们馆。宝霞打电话给我说，赶快解决这个叫"吴建国"的反映的问题。我说，狗是我们养的，但只是养在外围，从来没有进馆。宝霞说，那就好，你在网上回复一下：就说猫狗已经不养了，或者送去某个动物基地了，总之，整改到位了。但是，举报人说你们保安言语上很粗暴，有损纪念馆形象，要求开除和他起争执的门口保安。

那时雨笛还没去集团，雨笛是个东北女孩，当初校园招聘的时候，怀抱着对江南春江水暖的向往，来到我们这个苏北小城。和所有地方上招的大学生一样，先下放到一线锻炼，从讲解员做起。这个东北女孩悟性极强，东北腔的普通话听起来颇有感召力。而且身形笔直，挺胸翘臀，朝那里一站，让人眼睛一亮。雨笛对我说，她对这个老头印象很深，那天在门口他和"保安大大"声音很大，她站在前台不能熟视无睹，就上前去"老爷爷"叫了几遍，慢声细语地和他说，馆里严禁游客大声喧哗，有事情我们好好解决。老头儿当场就跳了起来，说要找馆里负责人谈话。我就讲这里刚刚开馆，没有负责人，都是工作人员，和我说也一样。那个老头气咻咻地出了纪念馆，说要去上级部门反映，带着狗跨上自行车飞快地骑走了。

这与我和"光头"了解的情况大体一致，"光头"用的是"暴跳如雷"这四个字来形容老头的。我原不太相信"光头"的话，这个叫"盈之源"的物业公司用的保安是临时招聘的，没有对人员进行相关专业培训，他们说话声音一开始很冲，想必也是因为双方言语激烈，才起的冲突。我狠狠地批评了他们，并开了督查交办单给他们的物业公司，扣了三分，三分就是从物业费里扣除三千元钱。物业公司一个负责人连忙赶到纪念馆，召开会议。

擒贼擒王，"光头"被罚款五百，从工资里扣。法不责众，但如果再有这种情况发生，你们门口的保安全部都滚蛋！"光头"不服，那个老头太不近人情了！光头说他可以把狗交给保安，替他看管，等他参观结束，再把狗交给他。那个老头不依，说是"同等问题不一样对待，不一视同仁"，除非你们当面让猫狗在我眼皮底下消失了，我才心服口服。要是在从前！"光头"说，再拿掉二十岁，他这么嘈嘈，我几个巴掌早就扇过去了。但是我那天不得不按捺着性子，心平气和地和他解释，猫狗是关着养的。一来馆长天天和我们开晨会，要求放低声音，礼貌服务。二来为的那几个毛钱。你们再一扣，我难不成还要贴钱来上班？

我没有继续听下去，因为他们的工资不在我手里拿，纪念馆的物业是外包的，我只能代表甲方的一个下属机构起到一点震慑作用。我走的时候还听见他们在报告厅里大声地吵吵。但第二天早上，"光头"还是站在了门口，神情萎靡。

我按吕队长提供的号码打过去，一个老头接的电话，我刚自报家门，说是某馆的负责人，他就在电话里说，你打错了，"嘟"地挂了电话。

老头打来电话到馆里，是在文广旅局交涉过后很长时间，是我接的，来电显示的是另外一个号码。我一再在电话里道歉，猫狗已经拴绳了，而且已经关起来了，不放养在纪念馆门口了，而且保安已经处罚过了，也批评教育了。不信，你来馆里看，他们会当面向你道歉。老头一再问，你是什么人。我说我是馆负责人。老头说，馆里没有负责人，你们馆里的工作人员说的。

雨笛见我和老头绕口令似的在原地转圈，从我手里一把接过电话，摁了免提，请问，老爷爷，你有什么需要帮忙的吗？

老头又在电话里像唐僧般语气平静地重提话题，把事情始末又讲了一遍。从老头语气和说话的条理上，我们认定，这个老头应该不是一般的市井小民。

我们已经把猫狗关起来了呀，老爷爷！雨笛仍旧用甜美声音说，只是蹙了眉尖，不信你到我们馆里来，我们将会像迎接贵宾似的迎接您。雨笛狡黠地和我们眨眨眼。

我不需要什么帮忙，只要你们馆里负责人到我家里登门道歉！老头的话很冷。

到你家里去，我怕人身安全得不到保证，你来我们馆里吧。雨笛仍然用她温柔的声音说话。

我又不是坏人！老头子在电话里吼了起来。吓了我们一跳，我和另两个讲解员正在侧耳旁听。

谁知道是不是"漏网之鱼"呢？雨笛一时语急，不知道怎么用了这个词语。

我全程都在录音。老头在电话里说，这是你对我极大的污蔑，这将是我的呈堂供证，我将继续向相关部门反映。

你不要无理纠缠！雨笛气得搁了电话。我心里有点懊悔，不该把电话交到雨笛手里。

八月的骄阳烤炙着城市，我们集团公司接到任务，先是下沉到社区，帮助社区工作人员做入户调查。我一直认为自己对这个小城非常熟悉，就像运河里的铜头鱼，游弋在这座城市蓝色的血液里。这次入户调查才知道，自己就是冰箱里的一尾鱼，弯曲缠绕的巷井，青苔斑驳的站砖青石，像是一丛丛被遗忘的光影。老城区的居民，大都是留守的老人，年轻人像候鸟一样飞向远方。被太阳炙烤的我们，接过这些老人的一声"谢谢，辛苦了！"，心里就像被金属棒撞击了一个洞。

新城区像竖起来的街道，千鸟格似的建筑简单而生硬。

社区为了更加细致地梳理，空挂户的一手资料不给我们，以期我们像筛子一样再细过一遍。我们像瞎眼的鸟雀在昏暗的楼道口乱撞，有的甚至整幢楼都没有人居住。我在一户无人居住的房门上，看到门上方挂着一个骷髅头，和我同行的小姑娘被吓得大叫起来，我壮着胆子上前仔细一看，原来是个塑料模型。这个空挂户也许是抱着以毒攻毒的理念，才放置这个东西，我安慰地拍了拍小姑娘。

一个月后，纪念馆刚刚重新开放，就有女孩打电话到馆里，大橘颈脖项圈有馆里的电话，责怪我们遗弃动物。小姑娘们义正词严去交涉，一再保证照顾好大橘，大橘也识得回家的路，才被领回。排在"三旺"前的二黑，也是只黑色的流浪猫，被另一女孩藏匿起来，她男朋友气咻咻地责怪前去认领的小姑娘，就像责怪遗弃婴孩的父母。看到二黑有好的归宿，我们只好作罢。三旺胆小，也许是受过虐待，刚来的时候腿有点瘸，趴在窝里吃狗粮，不敢离开广场范围之外，可怜巴巴。如今大哥回归，长了精神，成了大橘的小迷弟，整天屁颠颠地跟在它的身后。

始料未及的是，闭馆一个月，游客报复似的反弹激增。李军悄悄地和我说，那个老头又来了，拿着你们董事长的名片，他还不知你们董事长已经换人了。李军指着一个帽檐压得低低的老头对我说。李军故意上前拍拍他的肩，他也拍了拍李军的肩，两个人还握了手。我以为事情就此罢休了，也就没有再近前和老头打招呼，不想缠上无谓的麻烦。

我正常提前一刻钟到馆里，第二天我特意提前了半小时。我刚把手提包放下，"光头"就不停地和我眨眼示意。我看见门口有一个老头，戴着口罩，从轮廓上看，比我上次看到时外形瘦小了一圈。手上拎着一个红色装酒类的包装袋，四角方方，看起来很沉。他在门口徘徊，保安拿着饭牌故意从他面前走过，他扬起了脸，看向别处。

我钻进了服务台，保洁和保安戴着口罩各自忙手里的活，没有人搭理他。老头不停地用余光扫视我们，似乎我们今天的态度有点出乎他的意外，心有不甘地在门口踱来踱去。

宝霞来的时候，我从服务台走出来迎了上去。宝霞笑嘻嘻地对着老头说，"老人家，让你等了，不打不相识，我来给你们介绍一下，"宝霞指指我，"她是馆的负责人，这位是吴建国先生。"宝霞说，"今天大家坐下来好好谈谈，把这个事情做个了结！"

老头得意地逡巡了保安一眼，蓦地他发现李军藏在袖筒里的手机,正在偷拍他。他厉声地指着李军呵斥:"你在拍什么?"上前欲夺李军的手机。

"你说你有录像和录音凭证,我们为什么不能录像?大家都好留个见证。"李军把手机紧紧握在手里。

老头夺不过李军,夹着包就向外走。宝霞连忙上前拦住老头,"有话好好说,不准拍!"宝霞瞪着李军说。

老头觑着李军手里的手机,看着他把视频删了,才和宝霞返回。我把他们引进报告厅,宝霞把老头领在上首坐下,她在旁边作陪,我们坐在对面。

老头从袋子里掏出一本《民法典》,举在我们面前,"这个是我在书摊上买的,依据上面法令法规,你们触犯了我的公民权利!"

我一看封面,这是一本印制非常粗糙的盗版书,封面已经发黄。"首先,我不是无理取闹,是有法可依,有法可循。"

"我代表纪念馆向你道歉!"我用诚恳的语气打断了老人。我看他摘下口罩,用手蘸着口水打开那本《民法典》,开启了像做报告的模式,我心里的厌烦不自觉又涌上心头。

"我们还是就事论事吧!"宝霞笑着圆场,"你们——"宝霞对保安说,"你们全部过来,给老人道个歉,这事就算过去了。"

"我对保安没意见，他们是依法办事。"老头突然通情达理，让保安有点猝不及防。"我的诉讼材料里只字没有提到保安。"老头又舔了一下舌头，把他打印的材料从书本底下抽出来，我们耐着性子又听他逐条读了一遍。

宝霞无奈地笑着说，"按你的要求，纪念馆的猫狗已经送走了。那个东北小姑娘也已经回老家了，不在这里上班了，人家都可以做你孙女了，您就大人不计小人过吧。至于乌龙道歉，那就算是个误会，不提了。总之，千错万错，都在纪念馆，馆长也真诚地向你道歉了，这事就算完结了。欢迎你多提宝贵意见，来馆里多看看。"宝霞示意我，再上来道歉。

我只得站起来，又鞠了一躬，"对不起！是我们工作做得不到位，没有严于律己，以后不会再出现这种错误了。"尽管我强捺住窜上胸腔的火苗。

"我不接受道歉，我要馆里的负责人免职！"老头从牙缝里迸出这句话的时候，我也咬着牙悄悄地暗示李军出去打"110"。

宝霞有点坐不住了，"昨天不是讲好了，我陪你到馆里来解决这个问题。水还有个面子，你看你岁数这么大了，一遍遍地跑到我那里，按你的要求该整改也整改了，该道歉也道歉了，得饶人处且饶人。"

"什么叫人身安全得不到保证？漏网之鱼是谁有这个权力给我定罪的？我是怎么无理取闹的？"老头一连三问。

当穿着制服的民警被李军引到报告厅的时候，老头嘶哑地"呀"了一声，惊慌失措地戴上口罩，好像万分羞愧地捂着脸。这虽然在我的意料之中，因为许多无理取闹的人看见警察，气势立刻矮了下来，但老头反应太过激烈，还是让我觉得又有点意外。

老头匆忙地把材料装进包装袋，夹在腋下拔腿就想朝外跑。"光头"像一面墙堵住了他，因为这事，他被扣了五百元，气还没有出。这次他学聪明了，知道自己嗓门大，说起话来像吵架。他一句话也不说，死抵着老头对面站着。

老头慌忙地又站向宝霞身后，"这就是你们解决问题的诚意吗？我又没犯法，把警察叫来干什么？"

"你说我们犯法了！"李军慢条斯理地说，他原先是市里石油机械厂设备科的科长，每天开着他的玛莎拉蒂来做保安。"我们究竟犯了哪一条，让警察来评判一下，我们认打认罚。你这样无休止纠缠，已经严重干扰了我们馆里正常的工作秩序。"

两个民警，一个年岁长些，本地口音。一个是帅小伙，操着外地口音。把我们双方叫到面前，小伙子心平气和地问，"老同志，你先讲。"

老头儿又摘下口罩，打开他的诉讼材料，舔着手指又读了一遍，声音没有先前的平稳，有点气喘吁吁。我几次想去争辩，都被年长的民警用眼神制止了。

听完了老头的申述，小伙子又转向我，"你现在可以说了。"

我把两位警察引到门口，指着门口告示牌，"这事已经过去近两年了，我们也和当事人多次沟通无效，迫不得已选择报警，希望警察同志给我们做个见证，把这个事情做个圆满地解决。"

年长的警察对着老头说："吴建国，如果你不接受馆里的道歉，你可以去法院起诉。游客都必须遵守纪念馆的相关规定，我想你应该理解。看你年事已高，如果还没有开解，你把你的子女电话给我，让他们来商讨处理意见。"

"他一个人！"角落的那个年轻人不知什么时候站到了人群里，"他的一儿一女都在国外，他以前是市百货总公司的总经理，年轻时被人贴了大字报，说他多吃多占，拿了单位物资，私下里倒卖，被免了公职，后来，老婆也离了，老婆与子女去了国外，就剩他一个人。"

　　"这是污蔑！"吴建国被抽了老底，咆哮地盯着年轻人，像是哮天犬要扑上去啮咬撕扯。最终他还是无力地低下头，麻木地在出警单上签了字，留下了一个电话号码。

　　"我们以前是一个院子里的，我那时还小，大院子的老人都这么说他。后来我们家搬离那里，去了新城区，我就很少去了，那个杂院现在只有他一个人住，所以他不认得我。"年轻人耸耸肩对着我投过去的感激目光。

　　我把警察送到门口，握手道谢，警察还未离开广场，年轻人突然快速地超越我。"等一等，"他拦住了警察，"这是纪念馆养的一猫一狗，狗并没有拴绳。"他指着广场角落那个关着大橘和三旺的储藏间。

　　三旺被市里的打狗队套走了，大橘受到了惊吓，从此彻夜不归，茶饭不思。当李军牵着他的蓝颜边牧在广场上散步时，树上的大橘跳了下来，围着边牧转了几个圈。边牧兴奋地追逐着大橘，大橘惊起一跃，跳上了树梢，无论我们怎么叫唤，手里拿着鸡蛋、火腿引诱，大橘像青燕一样站在树枝上一动不动。

舞翩跹

　　我无意间见到韩小红的时候，是在市民广场。虽然从一人巷到市重点高中，骑电动车只有十五分钟左右的路程，我还是决定在学校附近，租一间房子用来伴读。巷子太窄太深，弯弯绕绕，像蛇腹一样深不可测。女儿说，你们大人都有被迫害妄想症，到处都是探头，城市已经根本没有隐私可言。可这巷子里没有探头！女儿对我的话，无力反驳。我在学校北门租了一间门朝北的车库，但不在地下，这个城市人口密集度还没有到需要住地下车库的程度。好的地段，早就被人租来开门店，卖早餐饼和奶茶。因地势略偏了点，冬天两三个月没有阳光照射，但好在是独立的，楼上的住户租给伴读的家长，租金并不比门店少。户主在车库承重墙与房梁之间形成的间隙，隔了个阁楼，用来做卧室，阁楼向阳的那面墙凿了一扇窗户。猫着腰走上三四级的阶梯，进入正好一人高房顶的卧室，狭小的房间把楼下炒菜的烟火味和门外的喧嚣声音都阻隔了开来。我们像是来度蜜月的！冬天的太阳穿透低矮的窗户，照射到女儿靠窗子的那张单人床上，女儿伸脚踢踢睡在对面行军床上的我，傻傻地笑了起来。这个狭小的房间把她从巷子里的大杂院分割了出来，相对而言，她感觉那是她私密的空间，尽管是和我挤在一起。

每天一大早，我轻手轻脚下楼准备早餐的时候，女儿已经醒了，她洗漱好，我早饭也弄好了。女儿不喜欢吃粥、油条或者豆浆，偶尔会吃点饺子、面条，更倾向于牛奶、面包，或者直接就去隔壁店里买个手抓饼、煎饼果子、粢饭，学校门口各种早点替换。我原从事的也不是什么要紧的工作，当初就和个体老板说好，中午下班比别人早半个小时，下午下班迟半个小时，中午我要做饭给女儿吃，保证她的营养、午休。老板和同事很理解，陪小孩读书，尤其是陪高三毕业班的孩子读书，就像是拿到了通行证，这是小孩和父母十二年长跑的最后冲刺。晚上，女儿在学校吃，虽然从教室到租住地，走路只有五分钟，学校便于管理，晚上要求学生一律在学校食堂吃饭。晚上这段时间很难熬，再骑车回巷子自己家里看电视，兴味索然，其实即使在家也很少看电视。窗户外以前租户临时搭建接收电视信号的锅，我用绳子把它的支架和窗户的钢条接连起来，可以晒一点小衣小裤。我没带电脑和电视，包括任何可以显示蓝光的显示屏。唯一的手机，包的流量又不够，我悄悄地靠近窗户，左一遍，右一遍尝试输入8个1，或者12345678，左右邻居的网还是蹭不上，离学校有一段距离的市民广场成了我夜游的地方。

广场上跳各种舞的都有，有的跳舒缓民族舞，北京的金山上光芒照四方，领舞的有许多是当年小红花文艺队的骨干。有的跳活泼水兵舞，适合喜欢跳拉手舞的人群。也有的跳老式快三慢四，早年混舞厅的一群人。还有当下流行的"鬼步舞"，中年人一晚上跳下来，膝盖受不了，大多是年轻人在跳。韩小红的那支队伍是人气最旺的一支队伍，这是一个类似跳健身操式的舞队，节奏感稍强一点，仔细看下来，都是一些简单的舞步，容易学。人都有从众的心理，越是人多的地方，看闲的人越多。我的手脚和许多外围的人一样，痒痒的，手忙脚乱地像蟹爪跟着划动。反正，这个广场也没相识的人，在麻将桌上久坐的、小服装加工厂坐了整整一天的、包括像我这样给个人跑销售的贩夫走卒，在广场上张牙舞爪乱跳一气，出一身汗，女儿下晚课，广场舞正好结束，酣畅淋漓。

我一开始并没有把韩小红认出来，我对她的记忆还停留在她十三四岁时的样子，我读了初中后，上了高中，她上初中后，好像留级或是只读了一年初中，我已经没有什么印象了。

她是这支广场舞的灵魂，是个领舞者，从背影看，她最起码比我年轻十岁。岁月并没有在她腰上种植赘肉，相反，她灵动的舞姿像只翩翩的仙鹤，敏捷而且优美。

她春风满面地站在我面前，我注意你好几天了，你不认识我了？我是韩小红。镇西头开豆腐店的，你姐姐和我姐姐是同学，我和你是同学，你弟弟和我弟弟是同学，我上学路上总是敲你家门，喊你一起上学的。

她略带失望的面容终于在我恍然大悟的神情中绽出花来。哦，我想起来了！我夸张地抱着她跳了起来。你还是小时候的样子！

你也是一点没变！韩小红热切地回应，我虽然一眼不敢确认，你比小时候胖了，但轮廓还在。我还记得你家的院子，你家里院子里那一棵盛开的月季花，还沾着露珠，你妈妈剪下来，帮我别在头发上。

住的是寒窑，穿得像华侨，早上吃的是浆汤泡油条，这是多年前，苦寒的镇上人对韩小红一家既羡且妒而编出来的顺口溜。繁重的体力劳动并不能抹杀人们旺盛的创造力和丰富的想象力。月亮在白莲花般的云朵里穿行，村里堆放草堆的打谷场，一个草堆连着一个草堆，月亮下露出河床的河边口，白花花的河蚬壳和被水冲刷得滑溜溜的鹅卵石，都是我们捉迷藏的好地方。草堆有凹陷的地方，把身子缩进去，小手一伸，有时能摸出来一窝鸡蛋，就像小子们在河坎里拾到一两个子弹壳一样，欢呼雀跃。但不是每次都这么幸运，有时在草堆里，摸到的还有黏乎乎的黄草纸，里面包裹着像鼻涕虫似的尸体。

韩小红的妈妈是个"美丽"的女人，这是我刚刚知道形容词和名词之分时，用的第一个形容词。"美丽"和"漂亮"形容女人不是一个层次上的，"漂亮"这个词隐含着不安分的成分在里面，于我那时候对形容词的理解，我认为韩小红的妈妈是"美丽"的，一年到头都是病恹恹的，微蹙着眉尖，放在现在，完全可以成为网红"豆腐西施"。大人们都说她害的是痨病。韩小红的爸爸，庄上的人都叫"韩大阮"，是个极丑且邋遢的男人，五短身材，但是很壮实。

我们小时候也一样这样背地里叫他，韩小红也这样叫，我们并不知道，"阮"字是怎样写的，我们在乡音的认同上，"卵"和"阮"这两个字并无区别。赖汉娶好妻，韩小红姐弟在外貌上继承了妈妈的基因，至少说在皮肤上，完全遗传了妈妈白里透红的肤色，我们这一带人称这种皮肤为"汗皮肤"，天越是热，太阳越是毒，皮肤却越发晒得白。不像我们，夏风一吹，捂了一冬稍稍有点苍白的肤色立刻返回到原来的本色，又黄又黑。

但是，我每次去韩小红家里，脚不知往哪儿伸，到处是鸡屎狗粪。镇上一东一西，有两家豆腐坊，镇子中间是家烧饼店。东首陈姓豆腐坊养了三个儿子，不知道是不是豆腐渣吃多了，头发又稀又黄。西头的就是韩小红一家，个个却生得又白又嫩，人们都说一定是豆浆喝多了，韩大阮从来不在吃穿上亏待她们，早上卖豆腐的钱，转手就买了烧饼油条割了肉。人们习惯去东边的陈家，这户人家清爽，所以他家的豆腐卖得快，他家豆腐卖完了，人们没得选择才去韩小红家。韩小红家只有土坯砌的东西向三间正屋，东首南北向临时搭一个灶间，灶间没有门，和正屋之间也没有围墙连接。磨豆腐，做饭，都在这个灶间。门口倒是有一口井，也许是为了淘洗黄豆方便，打一口井比在门前砌一个码头墙省事，盛豆浆的缸沿上常常蹲着一只鸡在上面。

我和韩小红不仅是同学，还是同桌。父母在韩小红等我一起上学这件事上，并没有过分地表示不快，母亲有时候还会剪一朵月季花给她戴在发稍上。这株茂盛的月季花占领了整个花坛，我母亲只得移栽了栀子花、鸡冠花。韩小红最像她死去的妈妈，是个可人儿，眼睛里就像有月季花沾满了湿润润的露珠。她还长我几个月，我却像爱护妹妹一样，从来不会因为母亲些许一点的怜爱而吃醋。我的父母却态度明确地反对我的姐姐和她的姐姐一起玩，反对她的弟弟和我弟弟玩。在我家门前的码头上，弟弟因为和韩小红的弟弟一起钓鱼，去河里游泳，被父亲揪着耳朵拽上岸，弟弟的耳朵居然被撕裂开一个大豁子，鲜血直流，我母亲一面拿碘酒消毒包扎贴膏药，一面骂我弟弟不长记性。她的弟弟只读了小学三年级就不上学了，整天摸鱼捕虾，在镇上、在田野里游荡。她的姐姐也是小学毕业就不上了，这一年，她们美丽的母亲去世了，听母亲和父亲说她是严重内亏、气血不足而离世的。

不仅仅是我知道在草垛里可以摸到鸡蛋这个事，许多小孩在捉迷藏的时候，都知道这个秘密。中午家里实在只有萝卜干了，有时候甚至萝卜干都没有，黄豆酱也吃完了，家里的鸡蛋也被大人拿出去换别的东西了，就跑到打谷场，希望在草堆里能翻到鸡蛋，打散放点葱花，放在饭锅里一蒸，嫩嫩的炖蛋就有了。韩小红妈妈去世后，他们家里就不磨豆腐了，也不养鸡，大队部让韩大阮看场，放灌溉渠的水，生产队里的拖拉机、脱粒机等农用物资由他保管。

韩小红的姐姐辍学后，仍然在我姐姐放学的时间来找姐姐玩，她每次到我家来，我的父母都如临大敌。韩小红的姐姐看起来比她死去的妈妈还要健壮丰满，比我的姐姐要高出一个头来。我姐姐读了初中，她去了轮窑厂，和男人一样挖土、掼坯、烧窑、出砖。

有一天晚上，我清楚地记得，确切地说，是冬天的一个晚上，我们姐弟仨人放学回来，母亲把中午吃剩的青菜汤和锅巴饭，放在锅里一起煮，热气充盈了整个厨房，我们冰冷的神经末梢，因为母亲从瓦罐里挑出一大勺莹白透亮的猪油而热情涌动，荤油的肉香迅速俘虏了我们贫瘠而贪婪的嗅觉。母亲给我们每人盛了一碗，当我们埋首在热气腾腾的碗里的时候，韩小红的姐姐裹着寒风撞进了我们的家。

母亲吓了一跳，韩小红的姐姐头发凌乱，目光惶惑，她拿着个布包挡在屁股后面，我母亲把锅底给父亲留的饭盛起来，拉她坐下，她却不肯坐，拉着我的姐姐，进了我和姐姐的房间。过了一会儿，姐姐出来叫我母亲，我母亲进去又出来，跑到她和父亲的房间，拿了她自己穿的衣裤，又在灶间打了一盆热水。我的好奇心在吃完菜塌饭后，迅速复苏，我母亲把裹在裤子里她自己用的挂在床框背后风干的卫生巾，铺在我和姐姐的床上，草纸里铺了点草木灰，叠起来垫在卫生巾上，又吩咐姐姐去水缸舀了一瓢凉水，让韩小红的姐姐喝下去，说这样以后身上来就不会肚子疼了。那天，她待在我家吃了晚饭，把裤子洗干净晾在我家院子里。看得出来，她的意思是想和我和姐姐挤一夜。我父亲回来，她看见我父亲阴沉的脸，乖觉地走到门口。我和姐姐把她送出门外时，我家门口的那棵老榆树下蹲着一个人，烟头明暗交替，飘忽地让我想起盛夏雷雨来临前，坟地上追着我们跑的鬼火，那个人看见我们出来，站了起来，那个人是韩大阮。

韩小红有一次嗫嚅地和我说，老是有窑厂的人来找她的姐姐，韩大阮拿了把菜刀，站在门口，让她的姐姐搬到他房里睡。我认为也是正常不过，我和姐姐弟弟小时候，家里来了客人也会和父母挤在一起，我那时的注意力还放在放学后，哪块田埂上还有青草，可以铲回来，倒在猪圈里沤肥，哪块地里的黄瓜、西红柿快熟了，傍晚集体的农具厂倒车床刨下来的铁丝里，是否夹杂着废铁、废螺钉，可以拾起来卖钱，去换一支老赤豆棒冰。

以后的事，我不想再提，包括镇上的人，都很少提及，就像躲避瘟疫一样。韩大阮得了"麻风病"，生产队真的把他一个人关在牛棚里，这个牛棚闲置了好几年。我还是刚刚会走路时候，偶尔一次的饕餮盛宴对常年半饥半饱，舌尖上寡淡得跑出鸟儿的小孩来说，得到的满足感是刻骨铭心的。生产队唯一的耕牛生了病，快要死的时候，大队部的食堂，破天荒地生了火。村民们眼里闪着泪花互相传颂耕牛如何地通人性，牛知道要被宰杀时跪地不起，两只牛眼"啪嗒啪嗒"地掉眼泪。我母亲一手拿着一个搪瓷洗脸盆，一手拽着我，整个草场弥漫着五香八角裹挟着的牛肉香味。母亲手里的盆，显然大了些，盛牛肉的柱子叔额外塞了一块牛肉放我嘴里。母亲和其他来食堂分牛肉的村民，捧着铺着锅底的牛肉铝锅，搪瓷盆掖在怀里。我母亲腾不出手来揽我，我拽着母亲的衣角，心满意足地咀嚼着牛肉，口水和酱汁把围在脖子上的手帕染得斑痕累累。

　　韩大阮死的时候，没有人来替他收尸，准确地说，在韩小红的姐姐跳河之后，他们姐弟就被舅舅接走了。他并不是病死的，他被人拉出来的时候，浑身黢黑，他是被烧死的，牛棚里有一个用黄泥糊起来的锅秧子，类似炭炉子的可以移动的一个独立锅灶，灶膛可以烧草或者柴火，粥锅里的粥已经和韩大阮的尸体一样焦黑，尸体被直接拖进了火葬场。

　　这个镇子多年后，成了空巢，年轻人大都如候鸟一样，只有在清明、中秋、春节时，才会集结而归。节日过后，又一哄而散。河道拓宽，这个镇子要拆迁了。

　　我们这些中年人，自小在镇上长大，就像对待自己的父母一样，依恋又嫌弃小镇，得知它即将消亡的时候，莫名地感伤，"好领居"群、"小镇金花"群、发小群、同学群，各种建群，但所有的群都没有韩小红姐弟俩。

　　我弟弟大学毕业后，在省城有了工作、老婆、小孩。我的父母在侄儿上幼儿园后，又返回到小镇。尽管我弟弟在省里有了三套房，他是比较早的名牌学校大学生，农村上来的孩子，奋斗早、起步也早，但头发比我姐姐还花白得早。"一代管一代"，他在为他的下一代筑巢垒窝。镇上集中安置的房屋，弟弟回来查看后，交通、买菜很是不方便，姐弟三人商议后，还是决定拿拆迁款，我们再分摊些，在市里买一个有电梯的小居室，靠着我和姐姐，可以轮流去照应。世上的事有时也会真的如电视剧里的剧情，我们看中的那个小区，虽然挂的是花里胡哨的外国洋名，弟弟私下里一打听，开发商居然是和他曾经一起尿尿和泥巴的韩小红的弟弟。当初我弟弟并没有因为耳朵被撕裂的惨痛而谨遵父亲的教诲，他常常背着父亲和韩小红的弟弟去远一点的地方摸鱼掏蟹，浑身湿滑得像泥鳅。他会把母亲用发酵了的馊粥和面做成的酥豆饼，切了大半个带去给韩小红的弟弟。韩小红的弟弟很买弟弟的面子，给了我们最大的优惠。他红着的眼睛让我想起兔子的眼睛，说他的父母若在，他也许会带他们去上海，在他的大房子里，在他的花园别墅养老，真是子欲养而亲不待！

我们对他的话表面上没有表示任何怀疑，弟弟甚至连说惭愧。背地里，姐姐笑着说，钱是人的胆，既会说来又会喊。真要是他的父母还在，还有他的大姐，该怎么处呢？怕是另一种状况了。我们从他的嘴里得知韩小红嫁给了"黄花渡"火葬场附近的一位个体老板，做煤炭生意发的家，小城以前所有的浴室、酒店，需要烧锅炉的地方都有他家提供的煤。

她一直没有要小孩，那个男人老婆病死后，留有一个女孩，她做了填房。

其实大部分时间是姐姐照看父母的多，姨侄女外地读大学，正好是个空档期。姐姐体恤我陪女儿读书是重中之重，我也就"有婆把个婆来倚"，乐得先放一放手。

我在整理房间时，看见女儿书桌的抽屉没有锁，这个书桌横亘在我与女儿的床之间。我不是有偷窥欲的人，但张开的抽屉好像是个潘多拉盒子，引诱着我一探究竟。我在未触碰它之前，先认真地观察了半开的抽屉离桌面的距离，抽屉沿口放置东西的大体方向、位置、顺序。我轻轻地拉长抽屉，每一本带有皮面的日记本，我都小心翼翼地打开。在文字里我没有看到我想要看到的东西，我的内心是窃喜的，至少说她是在我的能力控制范围之内的，一切正常，没有偏离轨道。在我意欲关上抽屉的那一刻，不知是哪一根感官末梢被触动，我的眼睛如鱼鹰，迅速在水光折射的光影里，一下子捕捉到了猎物，我发现抽屉的角落有一个色彩斑斓的盒子。

韩小红的弟弟和我的弟弟来到这个世界上，对于投生做人和在阴间历劫来说，应该算是幸运的。其实那个时候已经开始了计划生育，但还没有紧到上房揭瓦的程度。我母亲把像个鱼泡泡的东西带回家，我和弟弟吹气球一样用力地吹，颜色单调，白得像煤油灯的灯罩。我现在还是不知当年生产队发放避孕套和结扎哪个在先，哪个在后，或者是同步进行。韩大阮也被拉去结了扎，尽管他死了女人。

我的姐姐梦想着把她的文字变成铅字，在校园和几个同学办了校刊《青青草》。晚上，还没有晚自习这个名词，在校务处，几个学生撸起袖子做麦芽糖似的推着个油滚子在刻版上来回碾压，油墨的香味沾染了每个人的笑容，滋生了圣洁清明的光晕。初秋的夜晚，月凉如水，我跟屁虫似的跟在姐姐和她们文学社的社长后面，这个社长比我姐姐高一届，他总是用大白兔奶糖收买我，他说他的几个姑妈都在上海，他爸爸是知青，和当地的妈妈结了婚。

我和姐姐的衣服都是母亲在供销社买了布料，送给镇上的裁缝给缝制的，也算是量身定制吧。许多流行的因素都是在循环演绎，十年一个轮回，虽在某个细节上有所变动，或高腰，胸脯下面全是腰线。或低腰，露出屁股沟，但唯一不变的是灵魂的形状。韩小红姐姐突兀地站在我们面前的时候，我看见月亮的亮光落进了社长的眼睛。她那时应该是时尚的风向标吧，大脚的喇叭裤，现在换了说法，叫阔腿裤，甚至叫拖地裤。紧身的上衣，按镇上人的形容，勒得沟是沟，槽是槽，韩小红姐姐健硕的身材苗条了许多。我停止了口中的咀嚼，想象我到了她这个年龄，也要这样的穿着，尽管父亲把姐姐唯一的一条牛仔喇叭裤扔进了灶膛。显然，姐姐对她的到来很是开心，至少在这个社长面前可以炫耀，她也有时髦的朋友。她热情地把韩小红的姐姐介绍给他。

韩小红是来找我做赤脚医生的母亲的，她说有事情想找我母亲。姐姐和社长告别后，把她带到我的母亲面前，父亲叹了一口气躲了出去，母亲把我和姐姐赶了出来，出来的时候，她手上有了一打鱼泡泡。

我一直在脑海里，酝酿怎样在女儿面前撕开这个话题，揣摩这盒塑胶制品的来历。契机很快来临，女儿十八岁生日，我定制了一个蛋糕，买了一个宝贝天使的纯金吊坠。女儿下晚自习回来，推开门，蛋糕上插满了蜡烛，我把用红线穿好的吊坠挂在她的脖子上。女儿很意外惊喜地问我今天是什么日子？我说是庆祝你十八岁的成人礼，我又用略带抱歉的口吻说忘了买气球，少了一点气氛。女儿明显被我感动了，飞快地跑上楼，拿出那一盒归置在我心里很久的盒子，笑嘻嘻地打开来，拿出一个紫色的泡泡来，就像我和弟弟吹那个鱼泡泡似的对着嘴吹。我故意漫不经心地问她哪来的？其实我感受到了自己紧张，语调里掺杂了抖音，好像唱歌的人有点跑调。女儿放下手中泡泡，盯着我的眼睛，这有什么大惊小怪的？上学路上，药店开业，包括学校上生理卫生课，都有发的呀？你该不会有什么别的想法吧？再说，如果我谈恋爱，真到了情不能自抑，尝试性行为，难道不需要这层薄膜保护吗？你这个年龄的家长不应该教我们这些常识吗？你是不是早知道我抽屉里有这个东东，故意设的这个鸿门宴？女儿呵呵地笑了起来，用手摸了一下我的头，宠溺地直呼我的姓，小刘，你的思想要与时俱进了，花这么大的心思，难道就为引出这个来？这不应是妈妈在女儿十八岁成人礼上最应该讲的话题吗？

姐姐有段时间很兴奋，经常和我讲《雷雨》，讲许多国外人的名字，娜拉，郝思嘉。她说，这些都是社长和她讲的世界名著，韩小红的姐姐频繁地来我家和我们挤在一起，尽管我的父亲没有好脸色。韩大阮几次站在我家门口喊韩小红姐姐回去，我姐梗着脖子说，睡下了。我父亲假意地咳了一声，韩大阮不敢再吱声，他对我父亲有莫名的怕惧，我父亲能拎着轧场的石碾子绕场三圈。终于有一天，韩大阮又来我家问我姐姐，说他女儿好多天没回家了，是不是在我们家。我姐姐说她也不知道，她也有好几天见不着韩小红姐姐了。韩大阮开始在我家撒泼打滚，我父亲拎起他朝门外一掼，吃屎的东西，你还知道那是你女儿啊？你还好意思在这儿闹，趁早有多远滚多远！再来，打断你的腿！

韩大阮迅速爬起来，翻着白眼，指着我的父亲，咬牙切齿说出一句话，她是那个死女人的野种！即使她飞到天边去，我也会把她找回来。

韩大阮最终还是在上海找到了韩小红的姐姐，她在一个理发店里当学徒，韩晓红的姐姐是在被韩大阮带回来的那个晚上跳河的，她的弟弟和我的弟弟正打着手电筒在水田里照青蛙。韩小红颤抖着声音挨家挨户地敲门，姐姐跳河了，你们救救我姐姐啊！人们撑着船，点上汽油灯，用八把铁打的，专门打捞尸体的挂钩来回在镇前的这条我们正常用来淘菜的河里游走，汽油灯把河面上亮得如同白昼，镇上的狗，一声接一声地吠叫，连绵不止。

她的尸体，是在三天后，在我家码头不远的地方浮起来的，我姐姐大哭，说她死都不愿走远，是来和她告别的。

韩小红姐弟被她们舅舅带走时，韩小红给了姐姐一封信，那是韩小红姐姐回来偷偷嘱咐她转交的。韩小红姐姐在信里说她完全可以不回来，韩大阮威胁她，如果不回去，就吵到学校，不让社长上学。再不然，就去找社长的父亲，知青要落实政策了，就告他们一家拐带人口，一辈子返不了城，她不能害了别人。

女儿有次下晚自习早，去广场找我，我已经成了这支队伍的领舞者，韩小红退出了这支队伍，有舞友说她在别的广场拉了另一支队伍。我知道她在躲避我，躲避和过去相关的人和事。相见乍欢后的惊喜，慰藉了曾经承载苦难的光辉岁月和难以忘怀的况味人生。细水流长的日子里，人们都在向前，时间带来的不仅有往昔的旧，还有新的大步向前。

落霞与孤雁

红霞并不憎恨她母亲，尽管因为母亲的疏忽，还在襁褓中的她失去了左脚的脚趾。她母亲因为去打酱油，在供销社和人闲聊，时间久了，忘了抵足而眠、睡在草窝里的她和她的双胞胎妹妹红云，草窝下火盆里的火星落到了草窝上，人们把她的母亲喊回家时，她和妹妹一个失去了左脚脚趾，一个失去了右手手指。她还没有疼痛的记忆，只是她穿鞋时，左脚的一头总是空落落的，让人看起来走路很不稳，摇摇摆摆的。也许是心有余悸，还是什么别的原因，父母亲五年之后才生养了三妹梅子，接着有了弟弟华子。母亲的故去，作为大姐，她觉得更有责任照顾好弟弟妹妹，尽管生病中的母亲经常骂她，她还是左一趟、右一趟去码头洗母亲换下来的衣裳。

志龙哥回来了！志龙哥是官庄人的骄傲，是镇上走出去的第一个大学生。大热天，志龙哥哥的家里坐满了庄上的人。红霞换上了她认为最漂亮的淡蓝色的的确良连衣裙，辫子上扎了块淡蓝色手帕，她静静地坐在角落里，细长的眼睛细细地看着志龙哥。志龙哥走过来，拿了几块水果糖放在她的掌心，摸了摸她的辫子，"我们的红霞长大了！"红霞蜷起了掌心，心里像喝了蜜。

这家钟表店是什么时候开张的，镇上的人并未留意。只是店门口的大喇叭整天声嘶力竭地放着："是否我真的一无所有！""甜蜜蜜，你笑得甜蜜蜜。"进进出出的男男女女都顶着鸡窝似的烫发，喇叭裤像个扫把在街道上扫来扫去，人们才像看到怪兽一样注意到这个店铺。据说开店的是只有七个指头的仁柱，他的父亲是陈庄的"老和尚"，母亲是地主家的老姑娘。老姑娘嫁给老和尚不违反阶级规定，也是一桩很好的婚姻。祖坟冒烟，"老和尚"老来得子，老夫妻把个儿子仁柱惯得不像样，整日里游手好闲。老和尚教他念经，他死活不肯，和人学了修钟表的手艺，就在官庄这个小镇上租了间门面，开了个钟表店。在一次打架斗殴中右手被人砍断了三个指头，只留下大拇指和小指，这让他竟然在他的江湖上有了名，身边云集了一帮人。红霞有时候路过他的店，仁柱就对着她吹口哨，红霞慌里慌张急急地走，步子更乱更碎，摇摆得更加厉害。仁柱就在身后哈哈地笑，她想起了志龙哥，志龙哥不允许别人欺侮她、嘲笑她的。

志龙哥再次回到镇上时，是两个人回来的。带了一个女生，说是大学同学，是省里的干部的女儿，高挑的身材，一头短发，精神得很。两个人搂着膀子绕着小镇走了一圈，红霞头蒙在被窝里哭了一夜。那个带她爬墙上树，掏雀窝，摘桃子，下河钓鱼摸虾，故意踩她空出的鞋面的志龙哥，不再属于这里，不再属于这个小镇，红霞的眼睛红肿得像个烂桃子。第二天，她仍旧起来去码头洗衣，淘米，回来做饭。

··· 2 ···

人们有感于红霞的变化是她烫了头，这在小镇上还是让人惊骇的，当红霞穿起了喇叭裤、高跟鞋，尽管左脚的鞋子顶头塞满了棉花，耳朵上串起了长长的耳环，一向忙忙叨叨的做大队支书的父亲开始有了警觉。父亲把她的高跟鞋、喇叭裤、长长的耳环扔进了灶膛里，不许红霞出门，让弟弟妹妹看着她。甚至于把她锁在房间里，不给饭吃，用皮带抽她，把红霞房间里的画报、磁带、录音机砸得粉碎。终于秋天的一个晚上，从田里劳作回来，梅子和华子坐在门槛上，屋里的煤油灯都没点，说是怕，不敢进屋。"大姐不见了！"父亲这才相信镇上的传言，红霞和那个七指好上了，怕是给他拐跑了。

父亲像头愤怒的狮子连夜只身砸了仁柱的店。他好面子，郭姓在官庄是大姓，也属于大门大族，他不好意思叫上叔侄，怕别人笑话。女人离世，别人介绍许多半边人（寡妇）给他，他都不愿意再婚，怕委屈了几个孩子。红霞是他的第一个孩子，生在彩霞漫天的傍晚，他觉得自己亏欠了她，她是几个孩子中最乖巧、最懂事的一个。他对仁柱恨之入骨，是他带坏了红霞。

仁柱那小子，在他眼里就是个异类，是让他很不齿的一个人，他不能眼睁睁地望着女儿往火坑里跳，他想替她找个好手好脚的，在他的能力范围之内，让她过上安安稳稳的日子。

红霞就在仁柱的小店里。仁柱不敢叫上他的江湖弟兄，对于红霞父亲，他是有敬畏之心的。刚到镇上来，就听说这个人能一手一个提着轧麦场的石碾子在打麦场上走三圈，可想而知这个人的力气，仁柱老老实实地和红霞跪在他的脚下。

当那个人的拳头如雨点般落在仁柱的身上时，红霞死死抱住了他的臂膀，"要打就打我，不关仁柱的事，是我跑出来愿意跟他的。"

其时，店门口已经站满了镇上的人。红霞的奶奶郭二娘带着三个姐弟站在风口里，对于这个儿子一房，她是歉疚的。她和三房儿子过，大儿子在上海，帮上海弄堂一户人家打烧饼，和店老板的女儿结婚了，虽生下的孙子也姓郭，跟入赘并没有两样。二儿媳生得是标致，可是个讨饭婆的女儿，农活一样拿不出手，站在秧田里像根木桩挪不开脚，看到蚂蟥吸在腿上，大惊小怪地大叫，让她恨得牙痒痒的，上去就是两脚。红霞和红云在草窝被烧掉手指和脚趾时，她跑到供销社拽着红霞娘的头发就打，连同赶来的劝架的亲家老娘一起打，这个亲家老娘二百五，饭都吃不饱，讨饭让女儿读了初中。她并不想让这个儿媳妇去农具厂上班，尽管她二儿媳的算盘打得噼里啪啦顺溜，镇上没一个人算盘打得过她。公社的俞书记点名让她去上班时，她撺掇二儿子不让她去。"好歹挣份工分呢,农活她又不会。"儿子并没有听她的话,这让她有点愤恨。她更加看不惯每天儿媳妇背着个包,穿着掐腰的卡其色西装,藏青色的裤子,不知根底的,还以为她是个城里人,走在官庄的街道上,男人看二儿媳的眼光让她很不舒服。"每天早上拿个刷子往嘴里捣鼓捣鼓,往脸上抹雪花膏。"女人们在她面前嚼舌头时,她恨不得去厂里拽着她的头发把媳妇拽回家。去了厂里两次,看到俞书记炯炯的眼光,问她来干什么的,她又有点害怕地回家了。即使二儿媳病故后,二房的几个子女,她除了华子照顾一时半点,毕竟是孙子,三个孙女她都没时间照管,老三家是三个男孩,她忙不过来。

父亲此时已经像泄气的皮球,红霞的话深深刺痛了他,并刺激了他的自尊。女人走后的第二年,开始了农村分田到户责任制,虽然不叫公社了,官庄村组八个,有偷鸡摸狗的要找他,有小媳妇告邻居偷看洗澡的要找他,六亩七分的地还要去春种秋收。秧栽不过人家,还要起早贪黑拔秧或者犁田,和别人换工。早上下地一锅粥吃到天黑。也就这个红霞,懂人事些,家务事能帮衬他,让他在外劳作放心。如今红霞离去,他不愿听人群中窃窃私语,"私奔"这两字,犹如耳光抽打着他的脸。

"你和我回家，你还是我的孩子。"父亲低声地对红霞说。

"我不愿意回家，爸爸，你就成全我与仁柱吧。"红霞苦苦地求父亲。

"你要想好了，他可是个不安分的人，你跟他过，是过不到头的。"父亲急红了脸，恶狠狠地揪住了红霞的衣领。

"你让我跟着他吧，哪怕以后要饭，手上套十个要饭的淘米箩子，也不会去爸爸门上的。"红霞咬牙说出这些话，没有了志龙哥哥，跟谁都一样，她自己嫁人了，至少是减轻了父亲的负担。唉，这就是命！红霞心里对自己说，自己已经不是一个清清白白的女孩子了。

父亲狠狠地把红霞摔在地上，他最见不得提"讨饭"这两个字。她的女人并不因为是讨饭婆的女儿，而高看他，迁就他。相反，她甚至有点嫌弃他文化不高，忤逆他，冷漠他。

"那你写下来，我和你断绝父女关系，你不再是我姓郭这一族的女儿，我没有你这个女儿，你也没有我这个老子。"父亲想用这种极端的方法挽留女儿，孰料仁柱已经把笔和纸拿到红霞的面前。

红霞提起了笔："我自愿和仁柱过日子，和官庄郭姓脱离关系，一切生老病死都与他们无关"，红霞还待要写，父亲抓起了纸笔劈头盖脸地砸向仁柱，"滚，你们连夜滚出官庄，不然的话，你开一次门，我就来砸一次。"

父亲进家门时跌了个跟头，后面跟着他的几个孩子，他一把抱着红梅和华子，啜泣起来。郭二娘远远地站着，她感觉自己老了，打媳妇时的那股狠劲没有了，她不知怎么面对她这个呜呜哭泣的儿子。

···· 3 ····

红霞和仁柱回到陈庄时，老和尚看到红霞，接连喊了几声"罪过！"红霞才十七岁，像个未发育齐全的孩子。地主家出身的婆婆则是一脸的鄙视，眼睛像老鹰盯着小鸡一样，让红霞脊梁发冷，红霞抓紧了仁柱的手，怯怯地躲在他的身后。

"我给你们带回一个不花钱的媳妇！"仁柱若无其事甩开红霞的手，嬉皮笑脸对他的娘老子说。"老娘，去弄两个菜，你儿子，不，孙子饿了！"仁柱拍了拍红霞的肚子。

"不许拍！"老和尚紧张地叫起来，"老婆子，还不快去！"老和尚喝令老太婆。尽管乡下人活得辛苦，在亡人佛事操办上并不节俭，很是舍得。老和尚是澄子河一带有名的俗家和尚，可以结婚生子，也可以饮酒吃肉。这也是他的家传，老和尚的父亲也是和尚。仁柱的父亲天生吃这碗饭的料，小时候和他父亲是吃百家饭长大的，唱起破狱，叹骷髅，声音宽广洪亮，人送外号"老宽亮"。不管听得懂的，还是听不懂的，大娘老太小媳妇们都听得泪水涟涟，不住地拿衣襟擦眼角。一个庄上如果做佛事，听说请的"老宽亮"，就像是送电影下乡，家前屋后，院子里站满了人。这里的和尚道士好像不分家，破狱是午后做的道场，"老宽亮"穿着普通袈裟，并不十分装扮，手扬一根各色纸糊的幡，旁边的道人敲着铙钹、锣鼓，一唱一和。用纸扎的房子，有前厅，有后院，各种世间的生活设施，"纸扎鬼子"都扎得惟妙惟肖。这一带的人把纸扎匠人称为"纸扎鬼子"，也许是烧给鬼住的原因。纸扎房子的主屋，用纸糊了四个城门。孝子贤孙们跪坐一圈。唱一段落，老和尚在一个纸糊城门前站住，用糊幡的竹子捅破。四个城门都捅破了，再把房子抬到空旷的地里烧掉。

晚上叹骷髅，才是主场，全庄出动，"老宽亮"盛装装扮，头戴毗卢冠，身披镶金线的大红袈裟，足蹬皂靴，手拿引磬。做法事的人家，堂屋的八仙桌上，和尚搭起了十三层的琉璃台。"初次叹骷髅，实在真可痛，一堆白骨头，犹如乱柴篷。"一声嗟叹，鸦雀无声！老和尚吐字清晰，人们屏息倾听，生怕漏掉下文。老和尚声音时而呜咽悲切，百转千回。时而嘹亮高亢，直插云霄。全程不用锣鼓、铙钹，只是击磬，一个人清唱。"二次叹骷髅，叹得眼泪往下流，想起二老双亲心肝痛，黄泉路上兄弟姐妹无。"在座的即使心再硬的老少爷们也都被唱得眼睛湿润。两个小时下来，老和尚擦把汗，徒弟们急忙送上用龙眼和胖大海泡的茶。所以，仁柱小时候并没有被冻着饿着，地主出身的母亲也没有去做过什么农活，顶多出去戴帽子挨批，批斗过照样去集镇上打二斤肉，或者剁上一包用荷叶包的熏烧肉揣在怀里，一家人关起门偷偷吃。吃食虽好，头却难抬，仁柱最怕人叫他和尚的儿子，也看不惯老和尚披红挂彩，嗨歌舞唱。所以仁柱二十七岁时拐来一个十七岁的女娃，而且听话音又怀上了，老和尚又惊又喜，一面"阿弥陀佛！"，一面催着老婆子准备吃食，几世修来的福分，和尚香火有续了。

红霞的肚子并没有明显地大起来，老太婆很留意红霞仁柱床上的事。"要点脸哎！"她和隔壁的老太婆说媳妇，"男人是畜生，整天想那个事，女人要捂紧裤带，怀孕了更不能让男人胡来，有娘养，没人教的东西。"虽是背地里说，却是当着红霞的面，红霞听了并不敢顶嘴，只是暗暗流泪，眼睛越发睁不开似的。老太婆不会说自己的儿子不好，她也不当老和尚的面说，她怕老和尚借故不回家。仁柱因说红霞怀孕了，月色再晚，老和尚都急急地往家赶。鸡蛋糕、桃酥、苹果、香蕉这些供食往家带，这让老太婆很放心，不会担心老和尚月下去敲哪个寡妇道婆家的门。

　　红霞已经好多天看不到仁柱了，即使回到庄上，也是男男女女一大帮子，骑着摩托车，呼啸而来，又呼啸而去。"到底是贴过来的，不值钱，男人就不当事了，连个男人都拴不住。"老婆子一面敲床，一面高声叫着红霞做早饭去，"西瓜还没破呢，不知是红瓤还是白瓤，又不是什么大户人家的小姐，有人养，没人管的东西，不要在我面前自尊自贵。"红霞做过早饭，又深一脚、浅一脚地去河边洗衣服，河面的水结冰了，她跪在冰上，拿砖头死命地敲。红霞的肚子终于出怀了，浑身却肿得厉害，一按一个深坑。老和尚也不怎么出去做佛事了，尽管一家的吃食都是靠他，他是深知自己老婆子的厉害，自己的儿子又是那么说不上嘴，不靠谱，他怕出意外，怕万一红霞肚里的孩子有个闪失，对不起他父亲在他头上烙的戒疤。他认定红霞怀的是男孩，是他这么多年超度亡人积的功德。

红霞这段时光是安逸的，她向庄上的小媳妇、老人学习，亲手织了许多小孩的毛衣。于针线活上，老天爷似乎又赐予她独有的天赋，她的手很灵巧，毛衣无论什么花色，一看就会。她也学会了裁剪，小孩的棉袄棉裤做了好几套。她甚至怕仁柱回来，怕他在床上用古怪的眼光盯着她的没有了脚趾的脚，她总是把脚藏在被窝里。"你少了脚趾，我少了手指，人家都说我们是绝配呢！"他把她的脚从被窝里拽出来，仔细打量，他狰狞的笑声让红霞深深地恐惧。他是怎么掳获她的，她想不起来。她只是想起志龙哥第二次回镇子上后，尽管母亲并没有给她过多的温暖，她却在母亲的坟头坐了很久。月色暗下来了，她跄跄地往家走，恍惚中被仁柱拖进了钟表店，她是在撕心裂肺的疼痛中还魂过来的，她已经不是过去的她了，被玷污了，永远配不上志龙哥了，也许和她一样有残缺的人，才更配和她在一起。

4

红霞对疼痛的感觉太过灵敏，当医生拿针头戳她的肚皮时，她仍旧感觉到了疼痛。"已经推下一支麻醉剂了。"她听见麻醉师悄悄地跟产科医生说，"再推半支吧，不能推整支，对胎儿不好。"医生再次拿针头戳她时，还是有点隐隐作痛，她模糊听见医生拿剪刀的声音，"刳嗤刳嗤"用剪刀剪开肚皮的声音。"真是个巨大的胎儿，羊水这么少，胎儿这么大，真不容易，幸亏早点剖腹，如果按着这户人家的要求，坚持顺产，后果不堪设想。"红霞感觉有个东西忽然从她肚里出来了，红霞感到一身轻松，昏睡过去了。

红霞醒来时，天花板吊着的日光灯有点刺眼睛，她摸摸自己的身边，空空的，她惊得想坐起来，再次真切地感到腹部剧烈的疼痛。

"醒了！"护士轻声地问她，"不要急，孩子在监护室，你骨盆太小，孩子的头受到了挤压，幸好及时剖腹，没什么事，是个男孩。"护士安慰她。

"恭喜你呀，一个产房，六张床位，只有你生了个男娃，其他的都是女娃，不是一条船上撑来的。"临床的产妇对她说。

"老天怜惜！"红霞松了口气。她真不敢想象若是生个女孩会是怎样的境地。

"你娘家人呢？怎么看不到你娘家的人？"产妇好奇地继续问她。

一滴泪从红霞的眼睛渗出，她是多么希望她的弟弟妹妹，和她占一个草窝的红云，还有他的父亲来看她呀。

"孩子，月子里不许哭，会害沙眼的。"产房里一个产妇的母亲用眼瞪了一下自己的女儿。她可怜红霞，抬来的时候脸色煞白，豆大的汗珠，头发衣裳都沾湿了，裤子上也见了红。这家婆婆还坚持要顺产，说是从女人那里走过的孩子才聪明。妇产科医生问出了事怎么办，老两口说要保孩子。医生抢白了老两口，"出了事我还怕担责任呢，敢情这不是你家明媒正娶的媳妇，不怕人家娘家人来闹。"当机立断推进了产房。

仁柱是在第二天才来到产房的。摸了一把红霞的脸，抱起红霞怀里的孩子，像个骡子似的嘈嘈不息，"取个什么名字呢？红蛋是要通庄散的，满月酒也是要摆的。"老和尚看仁柱手闲脚不住，怕孩子滑下来，"儿老子，放下孩子吧。"

"哈哈，我也有儿子了，老子娘，我任务也算完成了。"仁柱把孩子放回红霞的怀里，就跑去不知去忙他什么事了。

"取名智海吧。"老和尚说。

"还是个和尚名字。"助产医生说，"他是这个产房这一拨唯一的男孩，飞来的，小名就叫燕子吧。"

⋯ 5 ⋯

仁柱回庄台时，越来越财大气粗，金项链、金戒指亮晃晃地闪眼睛。"不愧是地主婆的后代，有地主的风度。"庄上人嫉妒且恨地嘲谑他时，仁柱反倒洋洋自得，"世道变了，这个年头有钱就是大爷，挣到钱就是真本事。"仁柱不知从哪里又搞了辆面包车，白天在家睡觉，晚上开车出去。就有人悄悄地对红霞说，仁柱莫不是外面有人了，大晚上的出去干吗？"红霞苦笑了一下，没言语。她何尝管得住他，他又何尝服过她管，她也懒得去问。晚上，儿子智海躺在她的怀里，心里踏实安稳。她想她的父亲，想她的弟弟妹妹，尤其是在她背上背过的华子。母亲临终关照她的，让她照顾好弟弟。有了孩子后，她更是觉得对不起父母亲。

"小燕子，穿花衣，年年春天来这里。"她拍着儿子，眼里蓄满了泪，她想家了。

仁柱被抓起来了！这条消息在村支书学军那里得到了证实。学军领着几个穿警服的人来到了仁柱家。地主婆哭得呼天抢地，"我的个儿呀，娶了个丧门星，没个好日子过呀！妻贤夫祸少呀，你个坏良心的，对男人不管不问，你若管得住他，他也不会出去做违法的事呀！"地主婆哭喊着扑到红霞面前，要拉扯红霞。

"不要睡不着觉，怪床歪。"学军一把拉住了地主婆，挡在了红霞面前，"自己养的儿子，自己知道什么货色，仁柱是服管的人？怪人家孩子，不要以为人家没有娘家人撑腰，就欺负人。要不是红霞年轻不懂事，被仁柱拐了来，哪个人家愿意把姑娘嫁到你家来，支撑你家的门头，孩子可怜见的！你就不说你自小就把仁柱惯得无法无天。"都是一庄上的同姓族里，知根知底。学军劈头盖脸一顿呵斥，地主婆不言语了。

"到底是犯了什么罪？"老宽亮一发急，喉咙直冒火，沙哑地拽着学军的衣袖问。

"贩卖走私假烟。"穿制服的一个民警作答，其余的人家前屋后、鸡舍猪圈都已经查看过了，并没有发现什么假烟之类的东西，甚至连一个废弃纸箱都没翻着。

"我们真的不晓得这个讨债鬼在外面做这个营生。"老和尚心略微放下了，只要不杀人放火，让他吃点苦，老和尚心里是能接受的。老和尚从口袋里抖抖索索的掏出两支烟，这是他从做法事的人家带回给老太婆吃的。他递一支给学军，一支给说话的民警，两人都没接。"我这个不是假烟，超度亡人不敢用假烟的，否则亡人超脱不了。你们把这个小炮子儿抓起来，关几天，狠狠地打，吊起来打，帮我狠狠教育这个不孝子。"

学军和民警被老和尚的话逗乐了，"现在是法治社会，怎么能随便把人吊起来打？究竟是关几天还是几年，还要看情节的轻重。"民警说。观察下来，仁柱贩卖假烟好像并没有为这个家带来什么改观，他全部为自己武装了。

仁柱被判了六个月拘役，没收一切非法所得并处罚金，老和尚把压箱底的一些棺材本拿出来胡乱打点，还是没把仁柱捞出来，毕竟是上了岁数的人，老和尚终究没有承受住，一下子病倒了，也不去医院，说自己灯枯油尽，大限将至，是时候归天了。天天让红霞把智海抱在他的面前，用手在智海的头顶上摩挲，"仁柱没有慧心慧根，天生的盗跖祸害，你把智海培养好，多识几个字，有本事上学更好，没本事把我的这套糊口的手艺学会了，也不愁饭吃。"老和尚从他的床头柜翻出一个包裹，递给红霞。一旁的老太婆抢过去翻了翻，竟是些发黄发烂的书，无非是求签打卦，扶乩问风水的一些奇门遁甲术的书，还有几本用黄绸缎包裹的经书。老婆子把包裹一股脑儿撂在了地上，"你自己做和尚，装神弄鬼也就罢了，难道还要我的儿子孙子做这个没出息勾当!"老太婆红着眼说。老和尚急急让红霞捡起来收好，"不管哪个世道，哪个朝代，人总有疑难困惑、喝开水都塞牙的时候。人来求签问佛，不管有用没用，花俩钱求个心理安稳。超度亡灵更是积阴德的善事，不比你儿子在外胡作非为强!"老和尚转头对红霞说，"你是个苦命的孩子，也是个实诚孩子，我们陈家没有什么好东西传给你，就剩这点我祖上留下的这几本糊口的家什，把书收收好。"

老和尚进食越来越少，也没听他叫过一声疼痛。"我是等不得仁柱出来的那天了，这说明我们父子缘浅，前世怕是有未了的债，这世做了个不聚头的父子。"夜里无人时，老和尚对老太婆说，"我去后，也不要给我做衣服，就把那套做法事的袈裟和帽子给我换上，对红霞和孩子好些，不要依着性子来。"老太婆看着瘦得皮包骨的老和尚，含泪点了头。

老和尚走的那天，一早要老婆子给他擦了身，换了干净衣裳，老和尚执意要穿上镶金线的袈裟，老婆子不免大哭了起来。早先老太婆就关照红霞在隔壁人家，请夫妻双全，有儿有女积古的老人做了孝衣、孝帽，又给侄儿侄女，外甥外甥女，徒子徒孙，子舅连襟，各按排行撕了孝布，不敢半点儿马虎，怕多年不来往的亲戚，到时为孝布起冲突。

所以仁柱虽不在家，丧事操办的还是说得过去，礼节都注意到了，没有多大出入。老和尚一辈子给人超度，这次让别人给超度了，只是他的徒弟徒孙唱叹骷髅，都没他唱得好。

仁柱六个月拘役期满，他的江湖弟兄一个也没来接他，没有一个人去看守所看望他，他觉得自己有点冤，有点不值当，所谓：酒肉朋友朝朝有，落难之时无一人。贩卖假烟的那点钱，除了镶在嘴里的一颗金牙没有被敲去，项链被没收充罚款，赚来的那点钱都与这帮弟兄喝酒吃肉了。

"这些狗日的没良心的东西！"仁柱在心里愤恨地骂。他觉得有点对不起他的老子娘，尤其是他的和尚老爹，没有一天让他省心过。小时候没少被同庄的同龄人欺负过，故意用瓢盖在他的头上敲木鱼。受了委屈，回来就迁怒他的老子，指着老和尚叫骂，甚至于推推搡搡，什么事不好做，要做和尚。没有人愿意和他玩，只有他把老和尚带回的供果、桃酥偷些个出来与小伙伴分享，他们才会围坐在他的身边。所以别看以后他在庄上耀武扬威，吆五喝六，摩托车来，摩托车去的时候，人们也不把他放在眼里。路过庄子西头的陈家，看见他弟兄三人齐整整地排在门口，他仍胆怯地下车每人递一支烟，他小时候没少被这三兄弟打过。他自己也知道他在江湖上也是浪得虚名，他的三个指头断得更冤。他被沈学飞叫去撑场子，对方明火执仗砍杀过来，仁柱因长相凶恶，跑得慢了，对方把他当成沈学飞了，摁住砍断了指头。断他指头的人被公安机关抓了，可他的三个指头连接不了了，永远失去了。茅山的道士照远不照近，自此恶名在外，庄上的人并不买他的账，和尚的儿子，能有什么玩意账？能翻出个天来？

　　仁柱很寂寥地回到了庄上，进门却见老和尚的遗像立在了堂屋的东墙上，仁柱一时没有会意过来，拽着他的老娘，问怎么回事。"还能怎么回事，被你气死的呗。"老太婆搂着仁柱大哭起来，她哭是有原因的，老和尚的离去，一家人的吃食没有了，经济来源断了，坐吃山空，她哭仁柱的不争气，也哭对以后生活的焦虑。红霞怯怯地做了饭，安顿仁柱吃下去。仁柱来抱智海，智海看到仁柱，掉转头，小嘴撇起来就哭，"哭什么哭？丧气！"仁柱不耐烦起来，把智海扔给了红霞，红霞急忙哄孩子，智海仍不住地哭。"连个孩子都不会哄！"仁柱一把拽住红霞就是劈头盖脸一顿打，他也不知道自己为什么要打她，他把自己所有的委屈和歉疚，都在这个瘦弱的女人身上宣泄了。智海明显被吓到了，声嘶力竭大哭起来，老太婆怕伤着孙子，过来拉扯仁柱，哭闹成一锅粥。邻居闻声赶来劝架，仁柱看人多，更是起劲，还要揪着红霞打，七个手指头的手还未落下来，手臂给人架住了。仁柱一看，是陈家老大，弟兄三人学的都是泥瓦匠，长得很精悍，整天泥墙，抬砖拾瓦的手臂很是有劲。仁柱不服气还待要动，看见门边陈家老二老三一人倚着一面门，斜睨着他。仁柱很会看情形，顺势收了手。

"你小子越来越不是个东西，打女人算什么本事！她这么瘦弱，哪经得住你这么打？万一失了手,你怎么交代？"仁柱点头哈腰连连说是，转身招呼一屋子人，招呼他们坐下来，他的心里好像被一屋子的人填满了，他以这种方式宣告他的归来。他喜欢站在人群中，哪怕是被人群喧嚣声淹没，他不想也不敢无声无息地一个人，他怕静下来仿佛能听到老和尚的叹息。

··· 6 ···

红霞是从门后夹缝里偷偷地看着父亲和姑母、叔伯婶娘一大帮子人从她门前过去的，门尽管开着，她没敢立在门口。姑母婶娘们倒是一路张望，像在找寻什么。他们是和父亲来替红云访亲的，也就是说，父亲认同了她给红云做的媒。有了智海后的一天午后，红云来看红霞，红霞问

红云是不是父亲让她来看自己的，红云只是笑笑，并没有
确切地说是还是不是，以后红云来看红霞的次数逐渐多了
起来。陈家三兄弟都是正儿八经手艺人，荒年饿不死手艺人。
虽然老大生得不高，也没有仁柱的油腔滑调，但红霞觉得
他是个能过日子的人。尤其是他们的父母，在庄上从不调
三窝四，不会因哪家媳妇能干些，得宠些，就高看些，也
不会看她这样懦弱，没有娘家人撑腰而作践她，红霞受了
委屈，陈家母亲总是安慰她，劝她朝孩子身上瞧瞧，好日
子在后头哩。红霞听了总是在脸上笑笑，她不知道和仁柱
能否过得到头。父亲的这次到来，仿佛把她从绝望的谷底
拉了上来。仁柱一早就躲出去了，他认为这是红霞的娘家
人，是借着给红云访亲，来向他示威来了。不过是个泥瓦匠，
凭什么瞧不起我，和尚的儿子怎么了，难道是低人一等？
仁柱很是愤恨不平，他更是恨红霞做的这个媒，红云他是
见过的，一朵鲜花插在了牛粪上，一个泥瓦匠，砖头缝里
抠食吃的，赖汉娶好妻，即使娶回去不做事，坐在家里也
好看。在农村，姨娘姨娘，赛如亲娘，更拉近了姐夫和小
姨子的距离。但红云从不叫他姐夫，而是直呼其名。像只
刺猬从不正眼瞧他。他在城里租了个店面，他也知道自己
那点三脚猫的手艺，没坏的钟表拿来，他捣鼓一下，骗点钱，

真正坏的，他又修不了，偷偷摸摸拿给别人修。那帮人又
来找他玩，他好像天生就是这伙人中的一员，和这群人鬼混，
他觉得又回到老和尚在世的日子，他很少想到家里的母亲，
还有红霞母子。

　　他在城里有了相好的，和他一样又粗又壮，年龄也差
不多，是个老姑娘了。要说多么喜欢她，他也说不上，新
河边上的，也没有正当工作，跟着一群人瞎玩，兜兜转转，
就和仁柱睡一起了。"咸菜总比白嘴强，不吃白不吃。"
就这么胡混吧，这两个人的嘴还是糊得住的。时间久了，
仁柱黏在手上甩不掉了，两人吵起架来，仁柱拿刀，她拿
钢叉，仁柱拿砖，她捡石头，两人旗鼓相当，仁柱的气势
逐渐矮了下去，他捡到了一个烫手的山芋。

　　父亲走的时候，太阳快要落山了。一行人再次路过红
霞门口的时候，红霞看见父亲朝她的屋子望了望，红霞想
上去抱住父亲的腿忏悔，想和父亲一起回家，腿却像灌了
铅似的挪不开，她好像听见父亲轻轻地叹了口气走开了。
人走好远了，她才抱着智海，往他们去的地方远眺。"傻
孩子，"邻居们说，"你父亲站下来，就是等你出来呢，
你一出来，你父亲也许就认了你，都有孩子了，凡事都会
朝孩子上看的。仁柱也是个不晓事的，今天不作兴出去，

生意再大也不能去做，丈人都到庄上了，这个人情都不会做，屁颠屁颠两声丈人一喊，还不过了？"红霞是知道仁柱的变化的，不回来折磨她，寻她的不是，就是不错的了。今天于她，到底是欢喜的，红云要嫁过来了，姐妹在一个庄上，到底是有个照应了。

红云的婚期很快定了下来，父亲为她准备了丰厚的嫁妆，缝纫机，自行车，红云喜欢唱歌，又买了收录机，电视机，陪了六床绸缎被面棉被，一床羊毛被，一床羽绒被，痰盂、马桶、面盆，一应俱全。陈家空有三间屋架，院里两间厢屋，红云作为长媳，老人把堂屋东边的房间腾出来让他们结婚用，老人则挪到了西屋。院里的两厢房，东厢房是厨房，老二老三住西厢房。老二婚事也在谈着，所以催促着老大尽快结婚，老三准备给人家做上门女婿。父亲其实并不十分满意这桩婚事，弟兄多，家底子也薄。只因听说这户人家和红霞在一个庄上，他才郑重其事地决定去看看。走在一群人当中，他的眼睛不住地朝庄上看闲的人群中瞧，他有两三年没有看见红霞了，是否已经长高？他知道她过得并不如意，他又放不下这个架子，他很厌恶仁柱，也嫌恶这家老人，听说红霞都有小孩了，他做外公了，这户人家都没一个人去给他送个信，可见这户人家的不知礼数。如果老和尚和地主婆婆来他门上，言语上客气点，在左右邻居面前让他有个台阶下，他心中也许就过了这个坎。他更是恨红霞，夜深人静的时候，恨得心疼，"愚痴蠢笨的丫头！家里的门又不是关着的，难道认不得回家的路？即使你一个人回家，我终不至于赶你出门。"回去路上他实在忍不住，虽然一次未登过仁柱的门，但从一进这个庄上，庄上路边看闲的人，指指点点中，他已经知晓仁柱家的准确位置。他在仁柱家门口略微停留了一下，往门里瞧，没看到一个人影，低矮的堂屋暗淡简陋，他没有找寻到他要找到的人，哪怕一个背影。

红云终于嫁过去了，红霞满心欢喜，父亲也很放心，姐妹终于互相有个照应，他日悬夜悬的心终于能稍微放一放了。

结婚三天，新娘子回门，父亲在家里置办了酒席，请了族人。一大家子的人左等右等，都没见红云回来。已过正午，父亲正自纳闷，红云的丈夫学玉气喘吁吁、泪眼微红的来报信，"红霞喝药水死了，红云在仁柱那儿闹着呢。"

"谁死了，究竟怎么死的？你说清楚！"父亲一阵眩晕，死死地薅住红云的丈夫那略显宽大的西装领子。

"红霞死了，红云说看了红霞的身体，身上全是伤，

最后一次 逃跑

喝药水是假的，怕是仁柱他们灌的，红云撕着仁柱打，让我回来报信。"

一屋子人一下子都愣住了，有点猝不及防，本来是件喜事，都在等着新人回家，也许通过这个契机，红霞不久就会和红云一起回家，一家人团聚了，谁曾想，这噩耗像个惊雷，在人们的头顶上炸裂开来，把人炸懵了。父亲"嗷"的一声，唬得左右四邻都跑了来，父亲像疯了一样朝门外跑，朝仁柱庄上跑，他不知道自己究竟跑得有多快，只觉得风在他耳边呼叫，好像还有他女人的声音："快，快点，迟了红霞没得救了！"他不知被谁抱住，被几个身强力壮的男人，不知是侄子还是外甥的抱着，拖进了三轮卡车。车厢里塞满了人，吵吵嚷嚷，他听不清他们在说什么，他们好像都很紧张，神情古怪地看着他。车子在一个拐弯口驶进了泥土路，三轮卡车颠簸得厉害，飞起的尘土就像是连绵不绝的烟雾，他一阵咳嗽，狠狠地吐出一口痰，那口痰就像一只红艳艳的飞镖掠过众人的眼前。姑母抱着他大哭起来，"你不要心急，气急攻心，这事还要你拉头，你不能人乱神乱呀！"

三轮卡车刚停下来，后面接连着来了三四辆。仁柱的家里屋后也是站满了人，红云的新嫁衣上已经被揉搓的皱皱巴巴，搂着红霞的尸体正在哭泣。父亲踉跄地近前，红云把红霞的袖子撸起来给他看，又叫姑母、婶娘上前，把红霞的衣服撸起来，身上青一块，紫一块，没有一块好的地方，嘴角溢出的白沫，沾湿了枕头。红霞惨白死灰的面颊却看不到一丝痛楚，甚至有一丝解脱般的，对生活绝望的讥笑。

"砸！"父亲怒吼，子侄、外甥一顿乱砸，无非就是一些桌椅，锅碗，这个家实在是没有什么东西可砸。人们这才发现仁柱不见了。

"亲家，亲家，你要砸就砸，要打就打我出气。"老太婆不知从哪儿冒出来，抱着智海，一下子跪在父亲的面前。智海哭得满脸通红，他还不会说话，只是身体努力伸向红霞躺着的地方，"妈妈，妈妈。"他不习惯这个老太婆的怀抱，那个躺着的人才是他一声声呼唤，想要她起身，来抱他入怀的人。

泪水"唰"地从父亲的眼睛里奔涌而出，如果说父母和子女是因上辈子未了的缘分，此生成为父母子女，有的生下来是来还父母债的，有的生下来是来讨父母债的，红霞就是来还债的，她还了他一只脚的脚趾，在他家的十七年，温顺贴心。但又像是来讨债的，决绝地和仁柱私奔，死的时候又狠狠地在他心头剜了一刀，让他伤痛欲绝。他看到智海的哭喊，小小的人儿好像也知道那个睡着的人永远不会醒来一样，这个孩子和红霞的母子缘分何其短暂，他不知道智海是来还债的还是来讨债的。

"你起来，不要装神弄鬼，你让仁柱出来。"父亲呵斥老太婆。她终究是个女人，他伸不出手。

"红霞这个孩子自己想不开，我把她当亲闺女看待，仁柱和她感情也好，不知道她怎么这么糊涂，就喝了药水死了啊，留下这个苦命的孩子！"老太婆一边说，一边拍智海，智海刚刚闭起的小嘴又哭了起来。

"她身上的伤怎么回事？"姑母揪着老太婆的头发让她跪在红霞的跟前，老太婆并不敢直视，也不作答，跪坐在双脚上，"乖乖个红霞哎，你怎么舍得丢下你的心头肉，苦命的智海哎！"老太婆有声无泪地干号，她高低不敢回答红霞的伤情，言说仁柱的去向。姑母婶娘忍不住上前踢上几脚，一阵捶打。这边老太婆的娘家人就忍耐不下去了，几个人虎虎地近前，双方剑拔弩张，推推搡搡之间，村支书学军急急忙忙跑进来，有人给他送信了。

"干什么，人家的女儿好端端地在你们家说没有就没有啦，人家娘家人来出口气，打几下你们就看不下去了，还这么横，这是要打群架不成？将心比心，要是你们家人遇到这种事，你们会怎么样？还不把这三间土坯屋面掀了，还不退到一边去！"学军毕竟是村支书，在庄上辈分排行也比较高，威望也是有的，人群逐渐散去，老太婆仍在那里干嚎。"哭什么哭？把仁柱叫回来，躲出去也不是个事。难不成叫红霞就这么披头散发地走，至少买点衣服装裹一下，有事坐下来谈，求得人家娘家人谅解，这么胡闹，太不像话。"学军一面说，一面拉着红霞父亲在一条凳子上坐下来，"亲家，大家都不愿看到这种事发生，既然发生了，坐下来好好协商解决。你如果一定要查个水落石出，那就报警，等法医来解剖鉴定。如果仁柱抓起来坐牢，智海就可怜了，没有人管了，将来也是个麻烦，这个家也就散了，红霞死了也不能复生。你看这事怎么解决，我们征求你的意见。"

"先把仁柱那个狗日的叫回来！"父亲眼珠子都红了，要冒出血来。

"我这就着人去找。"学军急忙寻人去找仁柱回来，一面又安排人下了仁柱家的一扇大门，嘱咐仁柱的族中弟兄妯娌，把红霞搁在了堂屋。

7

仁柱此时躲到他相好的家里，女人听到消息，也被吓了一跳。红霞她是见过的，仁柱那个家徒四壁的家她也去过，两个女人见面客客气气，红霞甚至把床让出来，躲出去，让她和仁柱睡一起。她真的没有鹊巢鸠占的意图，她情愿和仁柱在城里这么糊弄着，也不愿意和仁柱再去他的庄上去。这是丧天伦的事，那是个善良的女人。仁柱只有和她这个恶女人在一起，才降得住，才过得下去。"唉！你也真下得了手！"女人摇摇头。

"天地良心，我没有这个意思，下手是狠了点，并没有要打死她。她妹妹结婚，她高兴得那个样子！她不把我放在眼里了，这个婚事她自始至终没有跟我商量过，我小时候没少被他们弟兄欺负过，现在倒和我做连襟了，还披红挂彩，带那么多陪嫁，那是在打我的脸，在庄上让我抬不起头。我动手打她，她居然第一次和我回嘴拌舌，是觉得有人给她撑腰了吗？这个蠢女人，居然不求饶，打着打着就没声音了，瘫在了床底下，软软的，还冲我藐视地冷冷地笑，我也打得累了，睡着了，醒来后，女人居然口吐白沫，旁边放了治虫的药水瓶，我去拉她，瞳孔都散了。

她妹妹今日回门，站在门口喊她的姐姐，因没回音，失声大怪喊叫起来，硬说是我打死的，然后用药水灌了她姐姐，估计这会子她娘家人也来了，我跑了出来，不然会被她的父亲打死。"仁柱一面说，一面气喘吁吁擦脸上的不知是泪还是汗。

仁柱相好的低头沉吟了一会儿，"不是我不收留你，这是个人命关天的大事，夫妻本是同林鸟，大难临头各自飞。你躲在我这里不是个事，我也劝你别跑，跑也跑不掉。家里那一摊子烂事你还要回去收拾，只要你咬定没有打死人，即使是失手打死的，坐了牢，你出来，我还和你在一起。现在，对不起，你还是离开我这个地方。"

仁柱是知道这个女人的个性的，正在犹豫，表兄已经寻上门来了，"都急死人了，你还有心思在这里，家里已乱成一锅粥了，快和我回去吧。是福不是祸，是祸躲不过。"他不由分说，拽住仁柱往外走。

仁柱还在挣扎着手，"学军关照了，回去的路上顺便去寿衣店，买一套最好的寿衣给红霞装裹，再去扯了孝布，就说进城来办这事的，不要再磨蹭了。一屋子人，不会白白看着你被人打死的！"仁柱这才动身，和他的表兄一起往回赶。

仁柱毕竟是和尚的儿子，回到庄上时，他的腰间已经系上了白布，远远就听到他的哭声，他不做和尚真的太可惜了。他一头汗水地跑进屋，跪在红霞面前搂着尸体痛哭流涕，捶手顿足，几乎昏厥。父亲冷眼看着他，见他渐渐没有了眼泪，上前就是几个大耳刮子，一脚踹下去，把仁柱踢翻在地，举拳就打，仁柱一面大声喊救命，一面大哭，一面忍痛，一面躲闪。他瞅空不知是从谁的手上，一把抢过智海，像得了护身符一样护在胸前，"打死我！打死我！你连他一起打死！"智海倒是没有哭，清澈黑亮的眼睛瞅着外公，张开双臂，像是要外公来抱一抱他，就像红霞小时候，他上工回家，红霞张开双臂迎接他一样，父亲无力地垂下了手臂。

梅子和华子傍晚放学回来，父亲、姑母、婶娘他们一个个都还没回家，姐弟两人走进前屋，"梅子——"梅子听见红霞和红云的房门响了一下，声音仿佛从里面传出，她打开房门，里面灰暗暗的并无一人。"梅子——"这一声更加清晰，是在门外传来的，红霞的声音。梅子急急地打开大门，初冬的月亮升起来了，凄清地照在门前冰凉的地面上，树影斑驳地投射在砖头墙面上，没有一个人影。"姐姐，你想回就回家吧，我们把门给你打开了。"泪水爬满了姐弟二人的脸颊。

父亲第二天才回来，眼睛深深的凹下去了，瘦了一圈。红云也回了门，叮嘱梅子去学校请假，去送红霞最后一程。父亲没有深究，他顾及到了智海，毕竟是红霞留下的血脉，他不想让他成为孤儿。

红霞被推进火化炉的一刻，仁柱诡异地如释重负地偷偷地一笑，还在拖鼻涕的华子上去狠狠踢了一脚，仁柱勒起眼睛瞪华子时，遇着了梅子刀子似的目光，仁柱嘴里顿时哼哼唧唧哭起来，躲到人群里去，梅子从后面使尽全力，抬腿踢向了仁柱，这一脚踢中了仁柱的要害，仁柱蹲下了身，转头吃惊地望着梅子。

六七四十二天之后，仁柱脱了孝，带着智海和经书，投奔上海一家寺庙去了，这个庙的住持是他父亲的师兄，他没有和他的胖女人告别，梅子的那一脚，断了他凡尘的一切俗念，那个走路摇摇摆摆的女人，成了他一辈子摆脱不了的罪孽。

像土匪一样地活着

··· 1 ···

2019 年的秋天是个什么样的节景呢，现在想想，那一天虹桥机场的上空蓝得刺眼，八月的暑热消退得有点慢，又或许是脚步匆忙的原因，即使是冷气开足的机场大厅，我只背了个包，脸上仍汗涔涔的。女儿推着她的三大箱行李，临登机时因超重不得不托运一个箱子。女儿总是在亲戚朋友面前说我在吃穿上从来没有亏待过她，正如我的父母亲从来不曾亏待过我一样，我认为"吃饱穿暖"是每个做父母给予子女最起码的生活保障。这三大箱衣物除了大学期间她认为比较得意的寥寥几件，比如大二那年她采访她中学时代的偶像许嵩时，穿的那一条裙子，是她节省了

· 118 ·

半个月的零用钱买的。一件大三寒假去香港实习时买的驼色大衣，花了她那一学期的奖学金。其余小件如袜子、睡衣，大到冬天的毛衫、羽绒服、单鞋、靴子，都是决定动身前一周，我和她开车去了商城，逛了整整一天，从里到外，从上到下，置办齐全，怕国外没有她穿的尺码。现在谈起来，觉得真是多此一举。但女儿说，这些带去的衣物，现在每季拿出来穿，仍然是她的盔甲，永不过时，不论出席哪个场合，都能很合时宜并让她大放异彩。倒是她去苏州，去看她的室友兼死党，两人在飞猪上订票，悄悄飞去韩国看歌舞大赏，回来去了观前街，买的那一件丝质旗袍，她一直压在箱底，没有机会穿。

那天，没有电视剧或者小说里出现的动人桥段，我们彼此的胸腔没有任何感伤气味的充盈。相反，双方都有点迫不及待，她如雄鹰一样，野心勃勃正欲振翅高飞，而我则亦欲如老牛般，半倚斜阳，准备卸磨归槽了。

女儿进了安检，我笑着问："就这么上飞机了啊，没有什么话对我说吗？"矫情让我的体温迅速地降了下来，眼睛里掠过飞机飞过上空投射到大厅天窗的阴影。

女儿隔着栏杆对我耳语："寒假我就回国看你们。我不担心你以后的生活，因为你一直像土匪一样地活着！"

"像土匪一样地活着！"这句话像烙铁浸入沸水一样，水面上没有激起任何烟雾。我云淡风轻地和女儿挥手，内心平静如水。

尽管已有七八年的驾龄，我始终没有肥胆把车开上高速公路。这次送女儿，同样像以前去镇江南站接女儿，请人代驾，正好把车拉一下高速，清理一下出风口，这也成了女儿调侃我的一个话柄。她是第一个自告奋勇坐在我车子里的人，当我载着她在小城大街小巷龟速行驶的时候，我问坐在副驾驶位置的她怕不怕，她说不怕。她赞许道，你这个中年妇女能把车开动起来，值得表扬，这应该是你应有的样子！

2

那年的冬天是寂寞的，西北风剪了翅膀，除了在最初立冬的节气里喊了两嗓子，便偃旗息鼓。女儿从大洋彼岸倒是飓风般不停地发视频和图片，她们留学生也在宿舍里上网课，和合租的同学做黄油曲奇、芝士蛋糕。也有外出购物时，戴口罩的美国人和偌大的有点冷清的超市背景图。腊八节那天，她还做了"腊八粥"，很是让我惊艳！她说全是凭小时候的记忆：坐在温暖的被窝里，喝着我一勺一勺喂进她口里的掺有糯米、红豆、花生、芝麻、红枣、桂圆、莲子、芡实等红彤彤的"腊八粥"，欢欣鼓舞，满怀期待，好像春节正热烈地向她奔跑跳跃而来！

"过年要有个过年的样子！"每到春节，我就会想起我父亲生前说过的这句话。院子东山墙上挂着一溜边的腊肉与咸鱼，挨挨挤挤被晒得往地下滴油；吊在廊檐口的风鹅、风鸡，把鹅毛管子剪下来，预备着做钓鱼的浮漂，好待来年开春坐在自家门口的码头上钓鱼；大公鸡又黑又亮的羽毛用铜钱串好，做成毽子，预备春节时拿出来踢，这比塑料皮剪成的毽子更加活泼灵动；摊在芦帘席子上热气腾腾的馒头，像孩子白白胖胖的笑脸，暄腾腾的、嫩簌簌的。红双喜坛子不见了，那是父母结婚时放在"老爷柜"上的母亲的陪嫁，我们总会在后屋的稻积里挖到，那里面有炒熟的花生、葵花子和蚕豆。我们自作聪明地偷食后，又悄悄地盖上盖子。

女儿对我沿袭父辈留给我关于春节传统的记忆，唯一赞同我的是每年春节临近，在客厅里养上一盆水仙花。她也不强烈排斥我在每个房间的门上贴上大红色的春联，因为我和她说过，年画，尤其是带有故事情节的年画，是我混沌幼年最早最直接吸收的文化滋养。

女儿这代人，用她的话说，她们这辈人，注定是"故乡虚无主义"。从农村到城市，再从城市到都市，从都市到海外，她义无反顾地一路前行。

春节前几天，我们姐弟三人就在电话里酝酿怎样下乡拜年，规划拜年路线，先去三叔家还是先去姨妈家？在哪儿集合？谁来开车？他们一致地让我充当乘客。女儿却在年二十九晚上不断发来语音视频请求，劝诫我们不要下乡拜年。"新冠"这个词，第一次在我耳边出现，尽管这个词在三年后，或者以后很长时间会被雪藏，或者遗忘，但这两个字当时对于我们脑门的撞击，犹如春雷滚滚。她说，为了怕我们担心，她瞒报了美国于国内早先爆发了大规模流感，多年在外求学，她养成了习惯，报喜不报忧。

自然，女儿没有履行寒假回来看我们的承诺，她的寒假已经结束了。所有关于春节的记忆全部在她的舌尖上复苏。她说想吃我做的烘得脆脆的、金黄透绿的豌豆饼，我就在视频里做给她看。她说她那里没有豌豆苗，去超市买了芝麻汤圆，汤圆在电铛锅里，像盛开的糖糕，勉强可以敷衍过去。饺子终于包得有模有样，牛肉炖土豆，色彩艳丽。唯一遗憾的是，想吃家里的香肠，培根终究替代不了，少了一点阳光直射赋予食物生与熟渐变的灵动。除夕那天，她同校的留学生聚在一起，自制了红油火锅。桌子上，来自不同省份、各个地方的中国菜系大拼盘，摆放在桌子上，满满当当。在我中年后，节日的记忆，如磐石一样，根深蒂固。

3

我第一次做志愿者，是2020年的春季，去乡下的一个古镇，三垛镇。抗金将领岳飞曾在这里屯兵，练习骑射，并在离三垛不远的地方，修筑了两条战壕，后来就有了"一沟""二沟"这两个地名。夜里三点途经二沟小村镇时，竟然有种"近乡情怯"的感觉。"北京的金山上，光芒照四方"，每当漫步在市民广场，看人们配合这段音乐，翩翩起舞的时候，我就会想起运河下游，澄子河畔，我家那个低矮的小院。我的母亲，扎着两条粗壮的麻花辫，拍打着自制的手鼓：把猪板油撕匀，挂在锯好的一小节竹篙的两头，用铅丝固定好，且歌且舞。每年冬闲时，村里文娱队都在我家那个小院里排演节目。我还是狗爬的年纪，据说哭起来，声嘶力竭，响如洪钟，文娱队的"万人嫌"，跟在挑花担后面，扎着冲天辫，鼻子上抹一块白油彩的小丑，给我取名"破竹篙"。每到锣鼓响起的时候，我关上院门，趴在狗洞前，让想进来观看的小伙伴递一张糖纸或者一个空火柴盒。因此，庄客又送外号"孔老二"，这个名字一直被叫到结婚前。婚后，回镇上，偶尔还会有老人笑眯眯叫起。现在想想，实在是对圣人大不敬！

我的母亲读过初中，这在当时农村来说，是很少见的。而且我外公去世早，以至仍健在的姨妈说起外婆，还在愤恨地说外婆偏心，没让她上过一天学，对母亲却是有求必应。说我母亲小时候看到一个货郎挑着担子通庄叫卖小百货，母亲闹着要拨浪鼓玩，外婆把坛里仅有的一点米拿去换，被外婆庄上的人称为"瓜奶奶"。一家人饭都吃不饱，还把口粮换成那个不中看又不中吃的劳什子。

母亲因此认得五线谱，会打一手好算盘。先是在乡里农具厂做会计，后又去了五金厂。农具厂食堂门口冬天氤氲着热气的水井，五金厂食堂里，吊在厨房梁上的竹篮，里面永远放着香脆的锅巴，这些都是我童年梦境的组成部分。母亲让人给我剪了个童花头，这个发型一直让我保留至今。为了保持和脸上的褶子对称，近年，每年我都会烫了发梢，但大致还是保持这发型轮廓，女儿说是"经典的妈妈头"。我穿着母亲做的桃红色乔其纱套头衫，白色的百褶裙，被穿着涤卡掐腰上装、笔挺西裤的母亲，坐着轮船带去三垛农村信用社报送账目、存钱。中午，母亲必定带着我在三垛镇上，悠闲笃实地吃一碗鳝丝面。

但母亲在生产队却是被人耻笑的，于农事上，她是个不会稼穑的人，站在秧田不知该怎么倒着走。每天早晨起来却用牙膏刷牙，用香皂洗脸，这在崇尚劳动力的年代，母亲与小镇上的人是有点格格不入的，人们大都还习惯用食盐抹在牙口上。

而我的父亲，恰恰相反，原目不识丁，因脚力不凡，十六岁就在乡里做通讯员，到各个村传达口信。后来有了自行车，又有了广播站。乡里原安排父亲去邮政所，他说认识不了几个字，那几个字还是在扫盲学习班时识得的，不能耽误工作，万一把电报发错了，把信送错了，可就出大事了。

小镇至今还有关于他的传说，割麦插秧犁田做饭，里外一把好手。传说轧打麦场，父亲能举起那个轧场的石碾子，绕场两圈。一个人能接过一排人扔过来的稻草麦秸，谷子、麦子脱成颗粒后，一个方方正正的草垛就堆好了，尤其是沤草粪，以前化肥用的少，割来的草，捞的河草和人畜粪便集中在田间的大塘里沤，这是大自然馈赠给田野最好的养分。他带队的草粪塘黑黝黝的像块亮晶晶的绸缎，四角方正，都是作为样板被其他生产组效仿。父亲还有一个好处，不管去哪儿蹲点，做现场，还是年底组织民工去河堤挑工，他最会安排食宿，跟他做活的人有的吃，睡得暖，地上稻草铺得厚厚的，被子租的多多的。"多要人，多屯粮，好办事。"这是我于学业上无所进长，回镇与父亲作伴时，父亲常说的一句话。

母亲去世后好多年，父亲推倒了原来的小院，重建了三进两院的砖瓦房。上梁那个时辰，老天赏了一场大雨，"雨浇梁头，代代出诸侯"。

父亲这时在另一个部门主事，专管镇子上的菜市场，猪集场，农贸市场。他说他吃了没文化的亏。然而，他的签名很有个性，别人是模仿不来的。父亲说，他赶上了好时代！而我越来越瞧不起他，我不屑他和没有卫生许可证杀猪宰羊的屠夫拍桌子打板凳；和乱占街道经营的小商小贩瞪眼骂娘；和街面上留着长头发，穿着牛仔喇叭裤，强买强卖的年轻人赤膊摔跤。我讨厌他除夕夜带领员工把镇上的大街小巷清扫一遍，不理解他把残疾人安排在他的集市场工作，年底给每个五保户送钱送粮，这在我眼里纯粹是妇人之仁。每月逢五逢十赶集，集市人头攒动。四乡八镇的人们都来赶集，有耍武艺卖狗皮膏药的江湖郎中，有拎着小雀儿算命的看相人。浙江、福建的许多养殖户每月都来定点收购苗猪，这里成为远近闻名的苗猪市场。家禽市场的活跃，也带动了羽绒服装业的发达，这个小村镇也成了省市最早的"羽绒之乡"。

我至今还记得，一个浙江乐清的猪贩子，在我父亲遗像前像一个孩子般痛哭流涕。一个高淳的商贩，扛着一袋毛栗子，跌坐在我家的门槛上，默默无言。以后，我没有再看到他们，他们都曾吃过我做的饭菜，逢集，我家就是外来商贩的食堂。

··· 4 ···

一直觉得对"三垛"这个古镇非常熟悉，就像澄子河里的铜头鱼，游弋回自己母体蓝色的血液里。到了镇上才知道，自己就是冰箱里的一尾鱼，弯曲缠绕的井巷，已经是一丛丛被遗忘的光影。我在晨曦中看见了一条条干净整洁的马路，一排排簇新明亮的房舍，衰老的古镇已经跌落在记忆的尘埃里。年轮滚滚向前，无关对错，无关风月，只在当下，只有新生。

乡村四月闲人少。我这才明白，为什么我们下乡要这么早，许多人做完核酸检测后，赶着去工厂上班，忙着去育虾苗蟹苗，做秧池。年轻人奔向远方，在栖息地逐梦筑巢，留守的村民还在沿袭和从事古老的农事生产，尽管机器套作已经把许多劳作从手工中解放出来，但粮食种子对土地温度的需求与依赖，鱼虾河蟹对水面环境的挑剔与刻薄，这又必须经由农人的手指来计算和测量。这些五十岁往上的农人，大抵还掌握着这些农事生产的密码，与田间活泼的鼹鼠、麦秆上跳动的麻雀对话。但周边临近工厂轰鸣的机器声如吉卜赛人的飞毯，蛊惑和牵引着这些村民。哪怕是六七十岁的农人，刚从田间虾塘蟹塘爬上来，洗过脚，换上鞋，转身就可以走进车间。"土里刨食"的概念和格局正在被打破，多元的经济收入，使他们的劳动充盈了饱满的底气。

原来是我们的父母，在他们力所能及的范围内，为我们遮蔽了目所能见的苦难和艰辛。

多年前，我在所属城市里住校读书，父亲骑车来学校看我，为我送来一大罐煮青鱼段，他不肯在学校食堂吃饭，我也没有迫切留他吃饭的念头，他和城里学生时髦的父亲，有着明显的分别。我送他出校门，坐在他自行车的后座上，校门对过的巷子里斜刺刺地冲出一辆自行车，差一点撞着我的父亲。"老头，长眼睛了没？"来不及看清骑车人的面貌，那个有着年轻嗓音的人已扬长而去。我父亲并没有因此停下车与他们理论，他若无其事地骑着那个二八自行车，载着我穿越巷子，在平坦的大路上，把我放下来，示意我回校。我的五脏六腑剧烈翻腾，我拒绝"老头"这两个字强加在这个有着土匪一样体魄的人身上。我心惊地发现他衰老的迹象，他稀疏的发根已经如鱼鳞般斑驳。他开始在不属于他的地盘上服输。

我在宿舍里打开那罐鱼时，鱼段码在如红褐色泥土一样的酱汤里，像我家红砖房顶的青瓦。而我在齿舌欢娱，滋生袅袅炊烟般曼妙时，却暗咬嘴唇，将来一定要拥有这座城市。

···· 5 ····

当我以壁虎断尾的决绝，妄图割裂与"二沟"所有的羁绊，重新贴上地域身份的标签后，老宅已经由姐姐继承。父亲没有遵循农村"传男不传女"习俗，他躺在三道滴水的大床上，那是母亲一直梦寐以求的雕花大床，母亲却没有来得及在这张大床上睡过一晚。这张雕刻四季花卉、蝶影双飞的大床，在现实生活中显得过于突兀，以至面目狰狞，但依然鲜艳如新，父亲每年都会刷一次，这是父亲给过母亲的承诺。三道踏板层层叠叠地垒在他的脚下，像是迈不过去的门槛。他放下锈着鸳鸯戏水门脸的围帐，对着我们姐弟以及叔伯子侄说，他已经去公证处公证过了，你们不要再有异议。但只有一条，你们都做个见证，这个房子只许住，不许卖。那也是父亲给过母亲的承诺。

2017年冬，澄子河河道拓宽，公路南边的老屋被征用拆迁。弟弟暗地里打电话给我，问老屋究竟拆了能卖多少钱，够不够姐姐上城来买房？如不够，我们大家凑一点，城里总比农村生活方便一点。

姐姐还是去了姐夫的村子，姐夫一直觉得先前住的是老丈人的房子，心里很憋屈。他在他的父母亲为他留的宅基地上，盖了一座簇新齐整的农村庭院，尽管这座庭院经济来源是老屋的拆迁款，但因为是姐夫亲手建造的，他像个土皇帝，有了建功立业的慷慨之气。

老屋拆了后，弟弟也就很少回老镇，也就很少去三叔那里，这多少平息了姐姐心中的愤懑不平，她原先看不得弟弟和三叔情同父子，和她这个姐姐若即若离。弟弟也没有去姐姐姐夫的村子，姐弟三人聚齐是件难得的事。我们终于明白父亲那个"只许住，不许卖"的遗训，他是怕我们姐弟没地方去，老屋在，家就在。而我和弟弟是候鸟，留不住。只有在乡下的姐姐才能守住老屋的人气，不至于荒废颓败。"人是屋的胆，不住就会散。"这是父母亲留在这个小村镇的印记，他不想这个小镇没有他们留存的气息。

姐姐姐夫在敬宅时，我去了他们的村庄，在酒桌上，姐夫责问我，他哪里得罪了弟弟，他这个舅爷至今不登他的门，不在村里人面前长他的威风！我知道姐夫是让我给弟弟做传声筒。

· · · **6** · · ·

2023年的春节比往年来得更早一些。女儿从原先伯明顿的一个屯子迁到了芝加哥。节日里，她的电话、语音视频比平时要多得多。她在电话里兴高采烈地说，之所以迁换地址，是想在大城市有更多的发展机会，接触到的年轻人也更多一点。受大环境的影响，许多公司大规模裁员，她也未能幸免。好在，她又跳槽到另一家公司。

当我问她归期时，她说，在她想回家的时候，自然会回。许多未知的人和事，等待她去遇见和探寻。

弟弟终于坐在了姐姐的庭院。午饭的时候，他让姐姐把四方桌抬到了院子里，就像父亲在世时，我们姐弟围坐在老屋院子里一样，只不过已不需要炭炉放在桌边烧水取暖，姐姐的院子用玻璃钢瓦密封了起来，院子就是一个阳光房。弟弟笑着问我，是否还记得傍晚小时候放学，他不敢进黑洞洞的家门，和我坐在门槛上等从自留田里劳作回来的父亲。我站在小板凳上，站在锅沿边炒菜，而他则跪着，往灶膛送穰草麦秸，有次，火星掉在了草捆上，差一点点着了厨房。他说不止一次在灶膛里掏出一个落满锅灰的碗，碗里有一颗莹白的炖蛋，卧在金黄的香油里。姐姐惭愧地说，那是她的小心思，怕我们撞见，来不及吃，偷偷地放在灶膛里。

姐姐比我们年长几岁，顶替了母亲的工作，在她花季的年华里，不管不顾地嫁给了爱情，去了偏僻的乡村。她说是被父亲捆起来，被皮裤腰带结实抽打一顿后，十万火急地逃离了父亲，逃离了老屋。每年稼收季节，她重复着母亲曾受过的耻痛，她站在田里被妯娌邻里看成笑话。父亲带着一群人，开着拖拉机站在她的田头，而这些劳力，又是父亲以自己的劳力一个个去偿还的，这在农忙季节，叫作"换工"。

最终，不是我和弟弟，而是她，这个曾被父亲扬言断绝父女关系的她，却被父亲召回。而今，她又回到了从前的村庄，温暖着所有甜蜜的、苦痛的、宿命的、远去的记忆。

冬日丰茂的暖阳，亮堂堂地照在我们姐弟身上。

颐养天年

　　年纪大了，睡眠却浅了，以前鼾声如雷的腔调也悄悄地降了好几拍。郭宛如坐卧在床上，她的大部分睡眠都是这样完成的，腰椎间盘突出让她躺不下来。脚头的老伴这两年的睡眠倒比她好了，以前电视剧一直看到深夜。老头子有轻微脑梗，年轻时是三拳打不出一个闷屁，现在是十拳打不出一个闷屁，儿子说要写个纸条，上面写着家庭住址和电话号码，放在他的上衣口袋，防止走失。

　　郭宛如透过窗户看外面的天色，天已经亮了，她摸着老花镜戴上看了看钟，尽管儿子把淘汰了的手机给她，可以放在枕头边接听电话，看时间对她来说成了手机最大的功能，但手机里的最低消费套餐仍让她舍不得，没打几个电话，一个月就有四五十元，这四五十元倒够她们老两口三天的伙食了。又没有嫡亲的兄弟姐妹、三朋四友，只是以前红旗纱厂的工友，每个月月底轮流坐庄聚餐时，才会电话联系，一年才会轮到她一次。

郭宛如把手机停机了，要这个劳什子干吗？房间里有座机，偶尔有一次电话打进来，她不在家，也是白打。老头年轻时在二炮部队当过兵，炮轰多了，耳朵不灵光，接个电话，"喂"个不停。对方没了耐心，往往说了一半，觉得是自说自话，不耐烦地就把电话挂断了。郭宛如起身下床，儿子小夜班接长白班，回来就这么几个小时的睡眠，她想轻手轻脚，可自己多年走路拖鞋后跟的习惯，不管自己怎样踮脚，也没法改变拍打地面的轻重，橐橐作响。早上起来喉咙浅，牙膏放在口腔里，喉咙就像短了一截，干呕。儿子为这个事和她说了几回，"起这么早干吗？不能等我们去上班了，再起床刷牙，吵得我们睡不着。"

邻居秀珍昨晚上来告诉她，"春天大药房"今天开业，早点去排队可以领十个鸡蛋。昨天下午还和老同事红菱约好了，带她去做医疗保健，可免费拿一袋五斤的富晒大米。很长时间没去杨奶奶那儿了，昨天打电话来，说是她那巷子里来了一个老中医，在她家坐诊，专门看腰椎的，能治好她的腰疼，治不好不要钱。

郭宛如把昨天多下来的剩菜肉卤放在锅里一起烩，又放了半筒面，这样下面的佐料就省了。家里的挂面吃不了，都是做医疗、药店、商场开业送的。老头子从不吃，也不去和她排队，巷子里的老人都是夫妻双全地去，领双份。"就当是去锻炼，总比躺在床上守着电视机好。"不管她怎么说，老头子就是不去，也不说话，电视里播出的都是战火连天的打仗片子。

"宛如，宛如，快一点！迟了就排不上了，限定前五十名。"大嗓门的秀珍已经在她的后门"砰砰"地擂门了，郭宛如急忙跑去打开后门，她怕儿子被吵醒了，开了房门，站在楼上走廊上，甩个脸子，臭她一顿，街坊四邻都听得到，老脸没地方搁。

"小点声，我儿子媳妇他们睡觉呢，你先去吧。"郭宛如一边用毛巾擦下巴的牙膏泡沫，一边跑去院子里的灶坯间，临时搭的厨房，关了煤气的火，赤褐的面汤已经漫到了煤气灶上，郭宛如拎着不锈钢锅子的两只小耳，疾步走到堂屋，把锅放在大桌上，揭开锅盖，用锅盖扇了扇热气。

"我等你。"秀珍一边说，一边用眼盯着下面锅，"这么一大锅的面和菜，你吃得了？"秀珍一个人住，老伴多年前就得病去世了，两个儿子分别买了商品房，一前一后地搬离了这个巷子。

"儿子他们，包括老头子都不吃隔夜菜，我舍不得倒，也不让他们倒，都拿来下面吃了。"宛如叉了一大筷子面，连汤夹水一大碗，对秀珍说："帮我分一点，我还真的吃不了。"

"不了，不了，我在家吃过泡饭了。"秀珍虽这么说，还是从宛如手里接过了碗，"味道真不赖，你家老张烧菜味道不错，比街头那家的面好吃。"

两人呼啦啦地把面吸溜完，宛如急急忙忙收拾碗筷，放进厨房的水池里，秀珍踩着她的小三轮车，宛如骑着自行车，出了巷头，直奔"春天大药房"。

"春天大药房"的门口已经排了好多老人，秀珍和宛如架好车子，秀珍从三轮车上拿下一个折叠的小马扎，斜刺刺地插进了队伍，这些人大都相互认识，经常去同一个地方领商家免费赠送的鸡蛋、油、面。秀珍年轻时在市肉联厂杀猪，身上有一股虎气，而且骂起人来，就像翻猪小肠似的，从祖宗八代骂起，半天不重复断档，还能骂出顺口溜。秀珍把小马扎打开，一屁股坐下来，拉拉宛如，示意站在她的前面，人们也习以为常，骂又骂不过她，打又打不过她，都是过了半辈子的人，有什么好计较的。

郭宛如也就心安理得地站在秀珍的前面，尽管冰箱里的鸡蛋并不缺，她其实是不大能吃蛋的，有胆囊炎，蔬菜做汤的时候，打两只鸡蛋下去，汤汁就雪白的了，不拿白不拿，又没偷没抢。仲秋的早晨天还是蛮凉的，早中晚温差大，郭宛如忘了加件衣裳，有点瑟瑟发抖。人上了年纪就是不行，她想起年轻的时候在红旗纱厂上班，下班还要去运输二队搓麻绳，地上的霜铺了一地，并不感到寒冷，想着这一条麻绳能换来一元钱，手上的皮即使破了，有了老茧，心里身体都是暖烘烘的。她结婚有了儿子了，亚臻表哥大学毕业才结了婚。只要是不让亚臻表哥看到她和其他老太排队拿免费的米面就行，其实看到又能怎么样呢？市人民医院退休后，亚臻表哥被上海一家医院返聘，表哥表嫂一家搬去了上海。即使没去上海之前，两家也是少有走动的，只有子女结婚这种大事，表兄妹几个才走动一下。

药房的门口陆续有人送来花篮，电动拉门也打开了，药房里所有的灯都亮了起来，穿着白大褂的营业员把一筐筐鸡蛋搬到门口。人群开始骚动，秀珍猛地站起身，把凳子折叠起来，推着宛如朝前面涌。

"不要挤，不要挤，离开业时间还早，八点十八分准时开业，发放鸡蛋。"营业员高声对着人群说，"身份证带在身边的，今天办会员卡，所有药品打七折。"

"我忘了带身份证了。"宛如摸了摸口袋，对秀珍说。

"办什么会员卡，不过是来拿鸡蛋的，你上次和我一起买的高血压的药难道吃完了？有一张龙跃药店的卡就行了。"

"可是今天这里打折，常规药买来放在家里又不坏。"宛如有点懊恼，忘了这事，以前是她一个人吃降压片，现在老头子也开始吃，买点降压药感冒药，多少能省一点钱。

"你那么精打细算干什么？老两口工资又不少，一个月根本花不了，儿子媳妇又不吃你们的！"

宛如没有开口，心想：大哥不要说二哥，我尽管精打细算，到底是一日三餐还是汤是汤，水是水，妥妥当当地过日子，不像你秀珍东家一顿，西家一顿蹭麻油花子，专拣人家吃饭的时候串门，惹得几个兄弟姐妹见了这个姑老太空着手登门就头疼，毕竟上了年纪，老姊老妹脸上抹不开，小一辈的侄儿、外甥见了很是嫌恶她。

市里开始创建文明卫生城市，婚丧嫁娶、开业庆典一概不允许燃放烟花爆竹，这项举措，宛如还是相当赞成的，她就不用担心地动山摇的爆竹燃放后，落下的沙子会击打在脸上，不用当心脚下未燃尽的鞭炮被脚踩了以后，冷不丁会"啪"地响了。总不至于像个孩子似的捂起耳朵，尽管心里害怕一些物事，这个年纪的人还是要有老年人应有的沉稳，所谓老小孩，是指别人家的老人，她是不允许这样失惊打怪的。尽管儿子儿媳和他们住，媳妇除了大年初一叫一声"老娘"外，平时不和她说话，也不和她一个锅里吃饭，各烧各的。遇着事了，嘴里"嗯嗯啊啊"地含糊，都是儿子出来传达儿媳的意思。以前老头子还替她分担些家务活，这几年越发地迷糊，宛如也有点力不从心。

前面的人有的已经拿到了鸡蛋，队伍有点松动，宛如略微舒展了口气，被风呛着了，不由得打了个嗝，嗓子里冒出几段未咀嚼细碎的面条，漾起的油花冲到了鼻孔。宛如不好意思吐出来，就像老牛一样又反刍倒回了嗓子，只是胃开始有点不舒服起来，隐隐地疼。

"宛如！"郭宛如把鸡蛋拿到手，刚想转身离去，听到声音，手略微哆嗦了一下，这个声音令她有点眩晕，真是怕什么来什么。宛如循声抬起头，果然是亚臻表哥，仍然那样颀长挺拔，穿着白大褂，亚臻表哥正笑吟吟地看着她，头发虽已花白，却是更加增添了儒雅的气质。她每过一段时间就自己围个毛巾，对着镜子，把染发剂倒在梳子上自己染，否则，白头发顶在她这张布满褶子的脸上，就更显苍老了。她依稀记得她小时候被父亲扛在肩膀上，在南京城门下走过的情形，父亲原是南京一家家具厂的工人，她才七岁的时候，父亲病逝了，母亲觉得在南京举目无亲，孤儿寡母的，变卖了家什，重新回到小城投奔了父母兄长。外公外婆离世前，舍不得女儿，把靠着菜园的这一处老屋，给了她的母亲，又分了一点老物件，母亲就靠变卖老物件度日，供她上学读书，但从此也断绝了娘舅这边的走动。知青下放，老太太哭到居委会，说她膝下只有一个女儿，并无其他的子女，但凡有一个，自己绝不会不响应号召，自己身体又不好，哭着哭着就晕倒在居委会。居委会同情她，也怕有个什么闪失，就没有让宛如下放，宛如进了城镇单位，红旗纱厂。虽说早就没有父亲，母亲并没有让她受到多大委屈，节衣缩食供她读了初中。每天放学，一碗热腾腾的拌有猪油虾籽的酱油面，就捧到她手上了。而她母亲月白的掐腰对襟衫，洗得越发发白，银色的发簪插在用水抿过的发髻上，清爽而单薄。她的表哥亚臻，她母亲曾极力地撮合，可是在外婆外公给了她们这处安身之所后，舅舅和母亲就很少走动了，她就很少看到亚臻表哥了。亚臻表哥读了大学，后来在市人民医院做了副院长。而她在红旗纱厂做了保管员，她母亲没有舍得把她嫁出去，留在了身边，在这个老屋结了婚，有了儿子。

"宛如！"同样穿着白大褂的表嫂携着宛如的手朝药店里走，"我们在上海住不习惯，还是在小地方舒服，闲着没事做，就开了这个药房。"

表嫂的过分亲热反让她觉得不自然和不真实，有点受宠若惊。表嫂曾是医院的主治医师，保养得当，脸上一点抬头纹都没有，而自己已和菜园的主妇没有什么两样：脸生横肉，吃相凶恶，肩塌腰圆。

"今天开业，办个会员卡，全部药品打七折。"

"我忘了带身份证。"郭宛如有点嗫嚅，她怕表嫂以为她是托词，舍不得拿药。

"这样啊，"表嫂略微沉吟了一会儿，"就用医保卡吧，一样给你打七折。"

郭宛如打开套在手腕上的小包，这是上大学的孙女暑假出去旅游，给她带回来的一个手工制作的包。黑底，上面绣了一朵盛开的牡丹花，说是给她上街买菜或者打打小麻将，放放零钱，她那个已经分不清颜色的包实在是拿不出手。郭宛如戴手表似的一天到晚带着它。她把她的医保卡从包里拿出来，握在手上就像在超市选择商品一样，拿了个购物篮，从药架上拿了些硝苯地平缓释片、降压片缬沙坦胶囊、替米沙坦胶囊、盐酸二甲、格列齐特片、诺氟沙星。表嫂看了，笑着对她说："这些药要少量服用，不要买这么多，保养身体才是最主要的。看，那个架上美国进口的维生素C、深海鱼油、卵磷脂，都不错，可以软化血管。"

"我们做医疗保健的地方有，还有蜂胶，不贵，一盒只要三四十元。"郭宛如因为表嫂的热情，少了拘谨和心虚，渐渐恢复了在巷子里和左右邻居说话的速度和声调。但当她眼睛余光扫到架子上维C的价格后，有点后悔，那个价格赫然在目，都是她在做医疗保健地方的三四倍，而且她细微感觉到表嫂脸上隐匿的讥笑和不耐烦。

"我不说别人的东西不好，或者说是假的，你要知道你表哥在这个行业干这么多年，进货渠道最是清楚不过的，药品质量完全可以放心。我们也有三七粉、西洋参，也现场制作阿胶糕，这些都不错的。"

郭宛如有点为难，那些东西她都有，做医疗保健的地方，经常推销和发放这些产品给她这样的老顾客。"那就来点阿胶糕吧。"郭宛如说。

"好的，这就对了，苦了一辈子，就该对自己好点，靠谁都靠不住，子女也是假的，只有自己身体好，才是最真的。"表嫂的脸上笑得像朵洋甘菊。郭宛如觉得表嫂的这番话，是真掏心窝子的话，她从来没有像今天这样和表嫂靠得这么近。

"有什么要紧的活？不过是老两口的饭菜，我们一结婚就把我们分开来。年轻时从不帮我们搭把手，烧个饭，带带孩子，接送小孩上学。现在老了，也别指望我们。名字倒好听，宛如——不晓得的还以为是大户人家的千金，实质上抠屁股，吮指头。我们年轻并没有沾到什么光，我们结婚的新房，铺地板的钱，还是我们结婚后用收的礼钱还的。"媳妇背地和人说的话被秀珍传到她的耳朵里，宛如也只是笑笑，家家有本难念的经，和别人有什么可以解释的呢？说了让人笑话。儿子结婚的彩礼，翻建房子的债到退休后打工四五年才还清。不是不带孩子，孩子断奶，你们上夜班，孩子还不是和她睡？至于名字，"如"字是她这辈分的排行，难道要数典忘祖不成？

"宛如，你干什么？我们还要赶去做医疗，你不是要去叫你纱厂的同事吗？带一个人去可以多领一袋大米。"秀珍已经拿到鸡蛋了，看见宛如犹犹豫豫地把药架上的东西拿了又放下，和那个穿白大褂的女人磨磨唧唧地说话，有点等不及。

　　"那你先去忙吧，结束后再来拿，做阿胶糕要有一点时间，没必要在这儿等。"表嫂设身处地的说法，解了宛如的窘迫，她怕秀珍再说出什么话来，让表哥表嫂以为她是爱占小便宜的人，秀珍的大喉咙让宛如有点站不住脚。

　　红菱家在东区，城市东扩，土地征用，房屋拆迁。儿子媳妇用拆迁款购置了新房，红菱不愿和儿子媳妇叮叮当当地住在一起，小的们也不勉强，买了个二十几平的单身公寓给她。上次工友聚会，红菱坐在那儿没怎么动筷子，宛如问她为什么不吃，是不是被她们的吃相吓着了，红菱说是在家吃过晚茶了。聚会结束，红菱悄悄地对宛如说："胃口不香，吃东西老是堵在喉咙眼，吞咽有点困难。"

　　"没有叫儿子媳妇陪你去医院查一查？"宛如有点紧张地问红菱。

　　"医院不能进，一个小感冒都要这样那样全身检查，没有个一两千，不会让你出来。再说，他们工作也忙，不像我们以前在城镇单位，现在都是给个体老板打工，歇一天，扣一天工资，孙子也渐渐大了，要钱用。没事，我心里有数呢。"

　　"那么，下次我叫上你一起去做医疗，享受一下，你不买它家产品也没事，也不勉强你，还有免费的东西拿。

买了，也不贵，比药店便宜多了。我们苦了一辈子，要学会看开些，看得破，有得过，不然，有个病痛，也没有人能够替代我们遭罪。"宛如把表嫂刚才对她说的话，用自己的语言对着红菱阐述了一番。

宛如带着红菱和秀珍一起去了"康华医疗保健中心"。三人刚刚架好车，"郭妈妈，您来了！"里面迎出来一个大学毕业生模样的男青年，"这位妈妈也是您带来的吗？"

"是的！"郭宛如大声地答道，生怕别人不晓得似的。她喜欢来这个地方，在这里她找到当年在红旗纱厂做保管员时的自信，红旗纱厂当年可是非常红火的大集体单位，二三百号工人，保管室里的生产资料，大到车辆，小到一根钉子，她都清清楚楚。工人来领料生产，都"宛如大姐"地巴结她。后来红旗纱厂改制了，她也到了退休年龄，又去个人办的染纸厂，染红纸绿纸，专门供应乡下的纸扎先生。宛如动作快，做过保管，又会算账，个体老板索性把厂子直接丢给她，自己出去送货。后来老板把厂迁到了乡下，郭宛如正式退休，可是没事做了，腰却又直不起来了。在这个医疗保健中心，她带来的人多，产品买的也多。她自己吃，老头也吃，虽然腰椎间盘这个老顽症没有看好，但没有其他病痛，而且老头多年的失眠症居然好了，难道不是吃这些保健品的作用？只是老头的耳朵越发地聋。最主要的是，她在这里受到尊重，这个年轻的黄经理，像对待自己的妈妈一样对待她，"妈妈"长，"妈妈"短地叫，不像儿子"老娘，老娘"地喊，提醒她要服老似的。保健中心组织老人去周边城市，二日或三日游，都让她当领队，一次也不落下她。不像对待秀珍，爱理不理的。秀珍每天定时来做按摩，拿免费的东西，偶尔也带个人来，也像她老脸皮厚地白拿，也不买产品。

"我姓许，叫我许阿姨！"红菱还不习惯别人叫她"妈妈"，忙不迭地纠正。

"许阿姨！"黄经理也不拗口，脆声声地改称"阿姨"，"我们先进去吧，不要站在门口说话。"

秀珍早已在他们说话的当口滑进去了。宛如领着红菱穿过一个不大的展示厅，展示厅的货架上放了些像药品的瓶瓶罐罐，墙上贴了几张人体结构图。红菱没有细看，随着宛如走进里间大厅，里面已经有了许多老人，躺在按摩床上，虽然还不是太冷，空调还是打开了，设置了人体感到最舒适的度数。

"郭妈妈，到这里来。"黄经理殷勤地把宛如和红菱往里面引，随即就有一个干净利落的中年妇女端上足疗盆

跟上来，指引宛如和红菱到一个小的包间，里面放着两张
按摩床，两人躺下来。

"郭妈妈今天不泡脚吧？先让这位妈妈泡。"中年妇
女已经让红菱脱下鞋袜，把她的双脚按放在里面。

"不泡，不泡，让新来的我的老姐妹泡。"宛如心中
掠过一丝不悦，她其实最喜欢泡脚，她的脚有脚气，身体
好好的就痒，身体有点不舒服时，反而不痒。有好几天不
痒了，来就是想泡脚的，说出口却是不泡，她有点怕见那
个妇女背着人时拉着的脸。她还是喜欢那个精神的小伙子，
活络，见人一脸笑。算了，晚上回去自己泡吧，她早先就
在这里买了个足疗盆。

按摩椅里面的滚球在宛如和红菱的肩颈、腰部滚动，
把两人的身体向上拱，又慢慢地落下，红菱干枯的身板咯
得生疼，但又不忍拒绝。宛如带她来，必定是好意，让她
来享受享受，解解闷。可是这免费的服务让她觉得除了有
点不过意外，反而就是全身酸痛。她决定这次体验过就不
来了。

"郭妈妈，今天我们这里上了新品种，美国生产的山
羊奶粉，营养成分比牛奶还要好，不会像你们老年人喝牛
奶粉，喝下去拉肚子。羊奶更容易吸收，对老年人的肠胃好。"

黄经理拿进来一只包装精美的包装盒。红菱不识字，但听说对肠胃好，接过来翻来覆去地看，掂掂重量，递给宛如。宛如在包装底部查看地址，国内某个生产基地的，日期也是最近的。

"多少钱一盒呀？"宛如问。

"四百八一盒。"

"这么贵呀！"宛如咂咂嘴。

"你们办了年卡划算，一年四千八百元，折算下来每个月四百元。"黄经理和风细雨地说。

红菱在心里盘算了一下，一箱牛奶才多少钱？这一盒羊奶抵好几盒牛奶。宛如一定是被洗过脑了，这个地方估计是搞传销的，下次绝对不能来。

"你们不买也没事！"黄经理看出两人的迟疑，"我先送几袋给你们喝，喝得好再来买。但是，今天有活动，办年卡，可以拿十二盒羊奶粉，当然也可以存放在这里，一个月拿一盒，拣最近的生产日期拿。另外还赠送一台净水器和空气净化器。现在水、空气污染多严重啊！为什么现在人得癌症多，都是这些污染造成的！你们随便到哪个店去看看，一台净水器或空气净化器至少要三四千元。我们总部也是三十年厂庆，回馈老客户，像这位许阿姨，是没有资格享受的。"

红菱一直想买台净水器，自来水漂白粉的味道让她难以忍受，不敢喝水，所以排尿很困难。而且，她门口没多远就是个蓄电池厂，空气中的恶臭，老是让她喉咙作痒干呕。说是蓄电池厂要迁址了，不符合市里城市发展规划，可是具体到哪天拆，还是个未知数。她对羊奶本身没有兴趣，她想要的是净水器和空气净化器。这两样东西她去专卖店里看过，加起来最起码万元左右，而这里只要四千八，还送羊奶，红菱有点动心。

"我做过阿胶糕了，今天就不办了，明天再说。"宛如不想买，正好找借口推辞。

"明天就没有这个优惠了！"黄经理有点遗憾地说，"这个名额是我替你向总部申请的，一年下来你为我们这个店做了不少工作，实质上就是奖励你的。"

"宛如，这个名额给我吧，我办个年卡。"红菱插上来一句，"不过，我钱带的不够，要回去拿存折到银行去取。"

"这不行！"黄经理小心谨慎地朝门外张看，轻轻推上房门，"不能给别人听到，听了是要攀比的，原则上只能专人专用。"

"红菱，你要想好了。"宛如一来杀红菱的口，不至于日后落埋怨。二来，她舍不得红菱花这个钱，一个人，一辈子省吃俭用的，带她来，原本就想多领一袋大米的，并不想让她花这个钱。

红菱把脚从盆里拿出来，用毛巾擦干净，"我现在就回去取，我每个月也攒了点钱。"打开门，红菱吓了一跳，秀珍站在门口，人差点跌进来。秀珍鼻子"哼"了一声，回到大厅她之前躺的那张按摩床上。

红菱回来的时候，黄经理已经悄悄地替她办了卡，一再叮嘱她，不要和别人说，并留下她的电话号码和家庭地址。"等一会就着人送到你家里去，帮你安装好，千万不要和别人去说。"

宛如本想去杨奶奶那里看腰，看天色不早，到了午饭的时间。黄经理让宛如用店里的电话打给杨奶奶，杨奶奶说这个神医给别人约走了，今天没来，来了再通知她。

红菱在门口和宛如、秀珍告别，约好了明天再来。红菱走后，黄经理拿了一袋五斤的富硒大米给宛如，"这是你今天带新人来的奖励。"宛如开心地放在车篓里，秀珍很是识趣地在不远的地方等她。

二人又回到"春天大药房"，人群已经散去，药房里还是有人，但不拥挤了。表嫂看见宛如，把三盒切好但没包装的阿胶糕，拿出一片指给宛如看，"你看，这里面有核桃、芝麻、红枣、枸杞许多东西，都是实实在在的东西，最是滋补养人的。"宛如连连点头，连连说好。营业员把阿胶糕包装好，把宛如引到收银台，宛如把套在手腕上的包褪下来，刚想打开拉链，营业员的声音吓了她一跳，"四千八百元！"

"什么？四千八百元！"宛如重复了一遍，她怕表嫂听到她的惊叫声。很明显，嫂子并没有听到，她正和另一位顾客谈得热火朝天。她忙掩了口，脸上的汗珠滚了下来，她用手拉了拉秀珍的衣服，悄悄地问秀珍，"你带钱了吗？你先借给我，我这个月拿工资还你。"

"我没有"，秀珍嘟哝着，"我身上没带钱。"

"又不是不还你，我知道你身上带着工资折子。"宛如窘迫得脸通红，声音里带着哀求，也有点恼羞成怒，她看见亚臻表哥正用探询的眼光朝她这里看，她见到亚臻表哥心里总是虚的，好像是占住了表哥的房子，亏欠他似的。

"不是我不借你钱，实话告诉你，我刚刚背着你求黄经理给我办了年卡了。"秀珍有点不好意思地说，"我在门外听到你们讲话了，就央求黄经理也替我办了一张年卡，一会儿净水器和空气净化器就送家里安装了。我儿子他们家都有，他们烧饭都用净水器的水，家里也没有一点异味。我孙子孙女不肯来，说我家里有老人味。我早就想买，今天正好碰上了。就是牌子不同，我们这个便宜多了，还送美国的羊奶。"

宛如只得把自己和老头的医保卡全部刷完，又对表嫂说，"我回去拿存折，去银行取钱再来。"

"不用啊！"表哥亚臻笑着说，"都是自家人，先拿走，我还怕你跑了不成？"

"我回去拿。"宛如急忙急促地走出店外，跨上车子，骑进巷口，进了家门，一阵反胃，把早上吃的已经被胃消化一半的面条，呈糊状呕吐了出来。媳妇儿子已经拈起筷子吃饭，见了，忙关上自己的小厨房。老头坐在堂屋的椅子上骂："到哪里疯去了？才回来？"

宛如跑到水池边，用水漱了口，把呕吐物打扫干净。站在床上，打开叠放衣物橱柜顶端的柜门，从里面的被絮里抠出一张定期存款单，她和老头今年几个月的工资存折上已经一分钱没有了。

郭宛如的腰又剧烈地疼痛起来。

文明如厕

　　江小梨本来并没有打算装修，其实也称不上装修，就是原来一个九平方米不到的房，隔一个卫生间出来，要放一个坐便器和一个花洒。市里创建卫生文明城市，老城区的各个老旧厕所要改造。江小梨嫁到这个巷子二十几年，和左右邻居并不十分接近，顶多上班出门，遇着紧隔壁邻居会问一声"早""上班去了？"，也不喜欢和邻居站闲。所以，早上，当江小梨拎着痰盂去公共厕所时，傻眼了，厕所面目全非，蹲坑和倒粪便的池子已经被石板盖上了，白水泥墙敲得七零八落，断壁残垣。江小梨拎着这个痰盂，脚步不知往哪儿伸了，巷子头菜场对面有个厕所，可是拎着个痰盂过马路，街上上班、送孩子上学、买菜的行人，多得没底。蓬头垢面，拖鞋趿袜，没来得及涂个 BB 霜什么的江小梨，没有勇气去大街上，她怕遇着熟人，尤其是同事，她比同龄人看起来年轻七八岁，别人都以为她是养尊处优惯了，家宽出少年嘛！

江小梨拎着痰盂往回走，巷子里送小孩上学的人家不多，她这年龄的小孩都出来了，有的已经出来工作，有的如自己的女儿，正在读大学，更为主要的是大部分年轻人都买房搬离了这个巷子，像她这样和老人、妯娌住在一个院子里已为数不多。她本来是可以脱离这个巷子的，十年前，她就在苏州人来这个小城开发的一个小区"富丽康城"买下了一套115平方米的商品房。

江小梨拎着痰盂，在薄雾里远远看去就像拎着一个菜篮子。江小梨有点唯心主义，没有从拎出的大门回去，怕冲撞了门神。她绕到了后门，后门已经打开，没有看到妯娌水芹的身影，她在超市上班，估计是下午班，还没起床，后门也许是上大夜班的大伯子回来开的。江小梨没有来得及细想，她被后门口大大的窨井激活了念头，这个窨井也是后街的一个主要下水道，窨井上的石板盖子，四条缝隙宽大，就像一具龇牙咧嘴的巨口。江小梨四顾无人，迅速地把痰盂里的污秽顺着其中一条的缝隙仔细地倒了下去，后门里的右首就是一个装有地下水泵的池子，池子边上有一个以前腌菜的大水缸，水缸已多年不再承担腌菜的责任。专家说的，腌咸菜对人身体不好。水缸恢复了它固有的功能，里面蓄满了水。江小梨倒完痰盂后，如释重负，但还是四下张望地拿起缸里的塑料水舀，之前倒过痰盂，都是用这只水舀舀水，再把荡洗痰盂的水倒进这个窨井的。

周文武急吼吼地奔下楼，没和江小梨有任何交流，手忙脚乱地拔掉充电器的插头，骑着电瓶车向菜场方向奔去。

江小梨去了博物馆，先把楼上的几个办公室的门打开，然后把办公室的水烧好，开始抹桌子拖地，她是他们当中资历最低的一个，或者说背景最薄弱的一个。名誉馆长退休前是副市长，负责常务的副馆长退休前是文化局局长，都是退休后返聘来的，发挥余热。和她对面坐的是一个分配来的女大学生，江小梨没有编制，是聘用制合同工，所以她自己心理上、气势上就觉得比他们矮了一截，自觉地包揽了办公室的一切杂事。博物馆坐落在一个景区内，景区的物业和讲解员对江小梨很是尊重，以为她是某个市领导的夫人，否则不会分到这个清闲的很有文化氛围的地方上班。

中午下班回家，周文武已经把饭菜从小厨房端到堂屋公用的八仙桌上，热腾腾地正在冒着热气。老两口不在家，去医院做定期保养治疗。周文武的爸爸轻微脑梗，心速迟缓，每年都要去医院做两三次保养，一住一个星期。周文武挤了牙膏，站在水池边刷牙。江小梨在橱柜上层拿了两人的专用饭碗，在电饭煲里盛了饭，放好筷子。周文武用手巾捋了把脸，两顿并作一顿，拈起筷子吃饭。

男人吃饭如虎，周文武吃饭像打仗，就像别人和他抢饭吃似的，江小梨鄙视说教过数次无果，也被他连带得吃饭加快速度，只有在博物馆，在景区，她才装出文艺范一点，走进这个巷口，她就是市井俗妇。

江小梨和周文武像比赛似的正在蚕食桌上盘子里的菜，两个人饭吃得并不多，都奔着菜。水芹端着饭碗从外面邻居的廊檐上转回堂屋，皮笑肉不笑地在饭桌前站了下来，"早上不知哪个缺德的，把痰盂倒在窨井里，害得我浇了几桶水才冲刷干净。"

周文武沉下脸，放下碗筷，他最听不得吃饭的时候，别人嘴里说这些，喉咙作呕。江小梨还是坚持往嘴里放菜，像没有看见水芹似的，当她是空气。因为江小梨知道自己是说不过她的，也骂不过她，她可以拐弯抹角地说上三天，不带重复，像面糊一样缠人。在这个院子住了这么久，很大原因是因为水芹的这张嘴，江小梨宁愿和他们捆绑着住在一起，也不愿搬离，便宜了他们。水芹本以为会有一番口舌之战，瘦削的脸上，高耸的颧骨就像战争爆发前的战鼓，激动得通红。看见没有人接茬，悻悻地敲着饭碗走进自己和江小梨家一样大小的厨房，有点后悔刚才的策略错了，不必藏着掖着，直接指名道姓指出来，早上她早江小梨一步，全看在眼里了。水芹这一房的厨房在天井的上首，东边。江小梨他们的厨房在下首，西边。虽然是共用一个堂屋，老人在堂屋北面，隔了一个灶坯间，做饭。堂屋的一个八仙桌，两位老人，可以和其中的任何一房共摆一桌，妯娌两人都是错开时间，摆放饭菜。

这是江小梨和周文武第一次在同一件事件上达成共识，决定装修，家里必须有个卫生间，放个坐便器。周文武一天要三次大便，而且一有这种想法，就有到了屁眼门似的急迫。以前江小梨不论做什么事，周文武都要唧唧歪歪，就拿十多年前买房来说，江小梨和周文武都下岗，两人所在企业一刀断，各自补了一笔钱。江小梨听从了哥哥的建议：孩子大了，要为孩子打算，总不能老是窝在一起。江小梨就把两人单位补偿来的钱，先斩后奏，私自去"龙腾花苑"交了大部分首付，开发商替江小梨做好了银行贷款各种手续，通知江小梨必须夫妻双方到场正式签订买房合约时，周文武在售楼处大闹，跳着脚，吵着要退房。开发商警告如果退房，要扣除一万元定金。周文武傻眼了，这一万元对他们来说不是个小数。"活人嘴里不会长青草，年纪轻轻还怕吃不到饭？何况是买房子，长线投资，又不是吃喝掉了。"在场的其他客户劝周文武，周文武跳腾得累了，也觉得众人说得有理，只是首付还有两万元缺口。

周文武回来在饭桌上和他老娘说买房的事，水芹在边上把嘴一撇，"都买到乡下去了，东区那鬼不生蛋的地方，没钱打什么脸，人家外国人都租房子住！"老娘沉吟了一会儿，答应借给他三千。老大放下饭碗，慢慢地拿了根牙签剔牙，"老娘，不要说我没提醒你，你们的钱，只有你们归天了，才可以动用，给他三千，就必须给我们三千。"老娘眼神复杂地看着老大，开始躲闪老二两口子的目光。好在江小梨的哥哥适时地送来两万元。从此，妯娌弟兄就错开了吃饭时间，各烧各的。周文武开始起早贪黑摆地摊，打零工，还房贷，供女儿上学，一刻不敢懈怠。

瓦匠师傅很快找到了，而且是不出巷口就找到的。巷子里运砖头、水泥黄沙的拖拉机多了起来，江小梨本来以为这些拖拉机已经绝迹，没有想到近日在这个巷子里有了一种宣示主权似的喧嚣，只有拖拉机才可以把这些材料运进七绕八拐的巷子里。周文武请了正在对门邻居家施工的师傅，套作。对门邻居家化粪池砌好后，就来他们的厨房做隔段，规划化粪池和摆放坐便器的位置。

江小梨开始留意水芹的举动，尤其是早上起来倒痰盂的这件大事。江小梨改变了早上起床就起解的习惯，早上憋着去单位出恭，下午开始就不喝茶，晚上临睡前去菜场对面公厕，小解后回家睡觉。周文武只有大解才骑着个电动车奔向厕所。小解，只要是没有小媳妇在场，和其他男人一样，站在墙角，就像以前在巷子里公厕未改造之前，站在小便池前互敬一支烟，一顿猛射，用手抖落水滴，放回裤裆，心满意足深吸口烟。水芹没有让江小梨逮着任何机会，江小梨始终没有看见水芹拎过痰盂出门。

瓦匠进门了，江小梨和周文武都不在行，人到中年了，手上还没有经历过装修这件事，老屋子都是老人在兄弟两人结婚前就布局好了。虽说照着邻居的模子刻，落到实处，这其中牵涉到硬包还是软包问题，硬包就是什么都不用问，不管饭、不管材料，包括卫生间、厨房的一切设施，瓦匠师傅一把下。软包，就是包基础的，水泥、黄沙、砖头这些材料，都包括在瓦工里，瓷砖、地面砖、坐便器、花洒、热水器、抽油烟机这些大件就需主家买，也不管饭。江小梨照着邻居的模式，软包，大件的东西自己买的放心，但有一点是一样的，就是都不管饭。江小梨怕周文武做饭做得不耐烦。瓦工头子说："不要把我们当吃食户，现在农村人条件不比城里差，吃的也好，不像以前肚子里没油水，中午一顿又不讲究吃菜，填饱肚子就行，晚上回家有好的吃。为了不两头跑，不耽误工时，中午管一顿饭，这么个巴掌大的地方，六七天就完工。"江小梨听这么一说，也就迷迷糊糊地又答应管饭了，装修变成不软不硬的了。

看得出，水芹很为自己的激将法得意，"与人不合，劝人造屋"。麻雀虽小，五脏俱全。虽是九个平方不到的屋子，以前墙上地面上的瓷砖要敲掉，下水道，自来水管要重新铺，主要的是化粪池的位置要摆放好，返水弯要合理安放，阴天才不会作臭。江小梨关照周文武每天炒三四样菜，肉丝又不贵，不管搭什么蔬菜炒一盘就行。她心里打了个倒算盘，把瓦匠师傅服侍好了，活计上安排妥当一点，少浪费点料，就在里面了。又关照周文武傍晚买几个包子，或者几个烧饼给瓦匠当晚茶。周文武又把江小梨从单位上偷偷抓回来的一点公务接待茶叶拿出来与瓦匠师傅共享。

"突突突"的拖拉机把水泥、黄沙、砖头运进巷子，拖拉机师傅把这些材料胡乱地堆放在院子里，很有开工的气势。前三天，厨房叮叮当当很是热闹，包括电钻凿墙砖的声音，很快，瓷砖全部被敲掉了，化粪池也砌好了。

第四天，中午吃饭的人，从开始的四个人变成了两个人，新来了两个小伙子，把墙上地面上敲下来的碎瓷砖运出去。

第五天，依然是这两个小伙子，吃过饭，抱着个手机看半天，不知在厨房里捣鼓什么，一天很快过去了。

第六天还是两个人，但院子里已经被折腾得像开杂货铺一样铺下来。让周文武做个菜，烧个饭，一两天还是可以的，他自己本来就好一点酒。但是一个星期下来了，瓷砖还没贴，墙还没有粉刷，就有点没耐心了。问那两个人，他们师傅去哪儿了？回话说师傅带人去另一家施工了，也是类似这样的套作。周文武立马跳了起来，拿起手机就在电话里一阵乱骂。周文武的焦虑是有依据的，他的老子娘要出院了，他怕他老子的心脏受不了，说好的七天就完工的。再者，他们用的是娘老子的灶坯间，本来就小，一个灶头，老娘再往厨房一站，身子都转不开。

第七天，午饭的时间，包工的师傅带来水电工，笑着对周文武说："我们心里有数，工程到哪个进度，不会误事的。你们想好了，坐便器和花洒的位置，有没有变动？我们要铺下水管。还有，你们夫妻哪个和我去看瓷砖，装饰城汇强瓷砖不错，质量好，花式也多。"

江小梨平时上班时，别人都可以往外跑，她一直都是循规蹈矩地上班，留守。因为这次装修，她和女孩协商好，只要两个馆长都不在，她就溜出去一会儿，骑着电动车去装饰市场看样。馆长如果来了，就拜托悄悄地发个信息给她，她就立即返回。以后只要她在办公室，女孩尽管出去，话也替她带得好好的。瓦匠师傅听江小梨说瓷砖选好了，只是不知道买多少块，用砖单子没有下，脸上讪讪的，表情有点不自然，但还是把所需瓷砖的大小型号，数量，列好清单，让江小梨去买。

也许就在江小梨出去买瓷砖的当口，老两口出院了。江小梨引着拖拉机把瓷砖运进家门口时，门口围了一圈人。水芹正在笑意吟吟地拿塑料舀子，舀水缸里的水荡痰盂，至于痰盂倒哪儿了，水芹还是没有让江小梨看到。屋里传来老婆婆哭泣呜啦的声音，"我们住院一个多星期了，哪个儿子媳妇去看一眼的？去送个汤汤水水的？和你们要钱，一个没有，倒有钱偷偷地弄小厨房！有钱搬出去住啊！挤在一起装修给谁看？"瓦匠这次很是利索，帮着江小梨把瓷砖抬进门。乔丽抬眼看见堂屋周文武正在堂屋气得喘气，地上桌上杯盘摔得一片狼藉。

　　"人家装修，上人为下人高兴，可是你们这家就奇怪了，老太婆回来找茬和你老公吵。"瓦匠师傅悄悄地对江小梨说。"说是家里作得画起来，灰尘处处都是。你说，哪个人家装修没有灰？你家大娘那两口子倒是很明事理，没有听他们言语抱怨过。"

　　江小梨没有言语，也没接茬，多年妯娌婆媳作战经验，她不开口是上策，开了口，就像是拔出萝卜带出泥，牵动葫芦带动瓢，吵成一锅粥。

　　"我买房不买房，又不在你们书中交代，你又没贴我们一分钱。"周文武说，"我买房原是为女儿买的。"

　　周文武的话还没说完，他的老娘就哭了起来，"打虎亲兄弟，上阵父子兵。这世是弟兄，来世还是弟兄吗？我知道你们不肯让，窝在一起，巴掌大的地方住三户，巷子里哪家像我们家没出息。我知道呢，你是怕老婆，有人背后挑拨，绑在一起住。"让房子这件事，老大两口子从来不自己说，都是借周文武的老娘的嘴说，也从不提贴差价，或者弟兄妯娌坐下来商议商议，就想着老二两个人拍屁股滚蛋。

　　江小梨看见水芹拎着痰盂上楼，站在房门前故意选了一个角度，让江小梨看见她正在往脸上补粉。无需她插嘴，老太太把她想说的话全说了，她有本事把老太太哄得向着他们说话。

"你怎么不说亲兄弟明算账！"江小梨还是没有忍住，"房子都卖了，让什么让？难道周文武不是你的儿子，是他爸爸拖油瓶带来的？周文武，要什么脸，房子去年年底就卖了，为什么不说，郑重其事地告诉你们，房子卖了预备女儿留学。你们都死了让我们搬出去的心，否则我装修这个厨房干吗？"这话说出口，老太太狐疑地拿眼睛瞧周文武，她可以从自己儿子的脸上瞧出端倪。江小梨瞥见水芹故意拿着口红，抿嘴，迎着光把镜子照了又照，竖起耳朵听。老大女儿初中一毕业，就出来打工，在一个美甲店里帮人做指甲，他们没有太多经济负担，所以水芹比年轻时更加爱打扮。

江小梨说的是实话，周文武要这个脸，一直没有说。女儿今年大四，大三时就给两人打了预防针，说是要出国留学，手上最起码要有四十万的银行定期存款证明。江小梨软硬厮磨，劝女儿不要留学，却无法改变女儿的想法，"我知道家里的经济状况，我申请的都是公立学校，也会勤工俭学，但是这个存款证明你们要先替我准备，我工作后就还你们。"女儿继承了奶奶说话的方式，直截了当，冰冷得没有温情。话说到这份上，钱去哪里借？谁会借给你？夫妻两人在床上盘着腿扒手指头，颠三倒四地算了又算，能借来的顶多也就三五万吧，没有有钱的亲戚朋友会借给他们三四十万。周文武的爸妈退休工资加起来是有五六千，每年去医院保养治疗两三趟，而且老两口都是"三高"，每人每月吃药也要花不少钱。老太太又喜欢去街道上做什么保健，按摩椅、按摩床、按摩床垫，深海鱼油、软磷脂、蜂胶这些三无产品往家买，周文武看见了，跑到做医疗保健的地方吵，却总找不着人，这些卖保健品的经常换地方。周文武把老人买回来的保健品往外扔，老太太把东西从垃圾堆里又捡回来，就像今天一样哭天抢地，"我们吃我们自己的，又不用你们花钱，你心疼什么？养儿子有什么用？我们享的是共产党的福，每个月到时拿劳保，死了还有丧葬费，我不管你们，你们也不要管我。"老大也帮着怂周文武，"关你什么事！难不成你想老娘钱不成？他们把身体养好了，多活一年，多拿公家一份钱。"周文武恨气跺脚，"那些是假的保健品，要吃到正规药店买去。"弟兄两个越发疏远，更别谈借钱的事，其实老大也没钱，一年倒有半年在家混着。想向江小梨哥哥借，想想人家也有家庭过日子，也不容易，两人一合计，决定卖房，还有五年，房贷就到期了，周文武恼恨一天都没住过，享受过。

瓦匠师傅适时打花脸，手艺人惯会察言观色，他已摸清这户人家的居住成员情况，"二老板，你来看看，这个水管怎么排，坐便器的位置我替你考虑过了，墙角那个位置是否妥当？"说着，把气鼓鼓的周文武从堂屋请到了他的小厨房。

"他们懂什么？"周文武刚站起身，周文武的老娘站起身也跟着进了厨房。

"不要你管！"

周文武还说着气话，他的老娘已经叫了起来。"你们不要哄他们夫妻俩，这个水管安排有问题。第一，你们要把老阀门开关换掉，这个老开关已经淘汰了，时间长了，万一拧滑牙，没地方换去。第二，热水器的管道放哪儿的？"

"他们没说装热水器，直接接到太阳能管道上了。"瓦匠师傅辩白道，他有点忌惮这个老太太，虽然有点胡搅蛮缠，姜还是老的辣。

"他们不懂，你们水电工不懂呀？"周文武的老娘说，"不管他们装不装，你们都要替他们留着，管子铺好了，没有留管道，下次万一要装热水器，就要凿墙凿地面。我知道，你们是怕费事，这管子和阀门在你们的包工里面，能省则省。亏我儿子每天三四样菜供应着，口里吃着人家的，不替人家着想。"

"看你老太太说的？这是什么话！既然老太太要留，就留吧，我们负责把热水器的管道也给你们铺好。"瓦匠师傅连连说，同时关照水工把水管埋了。

周文武和他的老娘心中的气已经消了大半，毕竟是母子，不是婆媳，可以互相担待，要是江小梨的话，怕是一个月半年都不会和老太太说话了。

因为有了老人的照看，隔断很快隔好了，卫生间另开了门。地上、墙壁上贴了瓷砖，坐便器和花洒的位置也已经放好。丑人怕个三打扮，又过了半个月，小厨房、卫生间弄得亮堂堂的，滑滴滴的。江小梨因想着，恐怕要在这个房子里养老，索性又装了热水器、浴霸，买了智能的坐便器，又在网上订购了长100厘米、宽60厘米的长方形实木的餐桌餐椅，实体店实在没有这个尺寸的餐桌卖。当江小梨坐在雪白的坐便器上，假想，如果回到十年前，她会选择搬离这个院子，让就让他们吧，即使没钱，借钱也要装修新房，哪怕最后结果还是卖掉，这个坐便器让她恍然觉得生活阶层有了一个提高，幸福感上了一个指数。

水芹终于让江小梨看到她怎样倒痰盂的了，她把痰盂用超市购物袋套着，一般的方便袋怕兜不住。挂在电瓶车车把上，装着买菜的样子，小心翼翼地骑车去菜场的对面公厕。

周文武老娘对江小梨说话了，水芹也准备在厨房隔断装个坐便器，不过，不打算做化粪池，而是用一根管子连到江小梨新砌的化粪池。江小梨和周文武相互望了一眼，没有言语。

瓦匠来结工钱，老婆婆顺便把瓦匠领到水芹的厨房，"如果不弄化粪池的话，只少个七八百块钱，老二两口子厨房卫生间的造价，我估算差不离要一万八左右，不包括我的工钱七千。"

周文武给了老娘一把卫生间的钥匙，水芹却没有再提装修厨房的话题，巴掌大的地方，弄着不划算，也许有一天，这老屋拆迁了，分上一大笔钱，就能住上新的房子，里面有宽敞的厨房和敞亮的卫生间。

完工后的一个星期，巷子里的公厕改造好了。"比人家个人家里弄得还好！"水芹很激动地对老婆婆说，"有坐便器，有蹲坑，倒粪便的池子估计是特殊材料做的，一点也不沾，甚至有烘手的机器，里面香喷喷的，就像大的超市里的洗手间。"

江小梨上班的路上，特意拐去了卫生间，真如水芹说的，门口墙上粘着一块牌子："爱护公物，文明如厕"。

一个人的江湖

　　韩小鹏打电话给张家二子，说要来吃午饭。张二老婆把嘴一撇，"无事不干的，来吃什么饭？"张二瞪了老婆一眼，"他是我老表，没事就不能来吃饭了？不要忘了，上次卖房子，多亏了人家。"

　　饭菜都上齐了，韩小鹏还没来，正在张二家装修厨房卫生间的瓦匠师傅有点等不及了，"老板娘，肚子饿了，什么时候开饭？"张二只得又拿起电话，"喂"了一通，嘴里连连和瓦匠师傅说，"来了，就来了。"

　　瓦匠师傅已经拈起筷子，碗里的饭扒拉了一半，听得门外轰轰的摩托车声，张二站起身，"来了！"迎了出去。

　　张二的老婆是看到韩小鹏手里拎着东西才放下碗筷站起身的，"来吃饭就来吃饭，还带东西干吗？"

韩小鹏把水果放在堂屋角落的凳子上，张二已经把酒倒好，让了上席给韩小鹏，韩小鹏不肯就座，"姑父姑母还在堂，我坐这儿不合适，两位老人家呢？"

"他们在医院，老头子住了七八天，抽了七八支针筒的血，各种医疗仪器都检查过了，到现在也查不出个名堂来。"张二按住韩小鹏坐在上首，替韩小鹏倒上了酒。

"现在的医生啥用没有，哪像以前的医生，望闻问切。都交给仪器来测，仪器又不是个人，机器如果有用，还学医干吗？"韩小鹏立起身愤愤地说。

两个瓦匠各扒了一碗饭，张二老婆意欲接过碗再添，两位师傅笑了，"够了，不用添了，不要把我们当吃食户，现在我们农村人吃的也好，不像以前，肚子没油水。你们慢慢喝。"

"锅里有螃蟹，弄只啃啃？"张二客气道。

"我们不喜欢吃那玩意，难剥死了，太费事。"两个师傅起身离了席。

韩小鹏这才坐下来，张二让他老婆收拾了瓦匠的碗筷，把菜用筷子向碗中央聚拢了些，这样，桌面上清爽了很多。张二又把锅里屉笼上蒸的几只螃蟹端上桌，张二买的是散卖的螃蟹，也就是一二两一只，不大，蟹爪并没有用稻草或绳子扎，端上桌时，爪子已经七零八落，就像溃不成军羸弱的逃兵。

“洋模！花这冤枉钱干什么,我也不喜欢吃这个东西。”韩小鹏嘴上虽这么说，脸上还是有喜色的，这足以见得张二对他这个老表还是蛮重视的，自从这个小城的螃蟹被评为国家驰名商标后，普通老百姓吃螃蟹时，就有点胆怯，心里要掂量掂量了，因为价格比以往翻了一翻。

张二挑了稍大点的一只母蟹，放在韩小鹏面前的一个醋碗里，里面放了切好的生姜丝，“来，剥一只，不大，咂咂味。”

韩小鹏掰了一个螃蟹夹子，蘸了蘸姜醋，“不知道你们喜欢吃螃蟹，早知道，我一个电话，立马有人从蟹塘送来，对公对母，最起码是三两母蟹，四两公蟹。”

“我们不晓得的，要晓得，就老老实实地打电话给你了。老二自己喜欢吃，借你个名，说你难得来一次。这几只小螃蟹一百来块钱，还蛮杀馋的。”张二老婆接过话茬。

“过几天，我派人送些个来，凭我韩小鹏，吃个螃蟹还不是小事一桩。”韩小鹏把螃蟹放回盘子里，喝了口酒，问张二的老婆，“弟媳妇，你们装修是软包还是硬包？”

“我们和他们说好了，是硬包，也不管中午饭，接活计的瓦匠头子说中午回去吃太耽误工时，又不要好的吃，两菜一汤，把肚子吃饱就行，晚上倒回去吃好的了，你表弟面薄，抹不开面子，又管午饭了，软硬不是。"张二老婆被自己逗笑了起来。

韩小鹏说："现在人不在乎吃喝什么的，不过吃饭时多几双筷子，就是烦人，天天要烧，亏得二老表在家，有时间忙，换作单手人，谁忙得过来？再说，现在瓦匠工钱合到三四百一天，不管他们午饭是正常，包在工钱里了。"

"声音小一点"，张二用手竖在嘴唇上，"打个倒算盘，把他们服侍好，能替我抓抓紧，不磨洋工，替我节省点材料就在里面了，就像老表说的，不在乎吃喝。"

"老表现在还是一个人？没有想着复婚或者再娶一个？"

张二的老婆话还没说完，张二把筷子往桌上一拍，"忙你的事去，或者上楼挺尸去，废话没完！"

"你干吗？冲弟媳发这毛火！"张二的老婆还没回嘴，韩小鹏已经拦不迭了，"弟媳问这话也是好心，家里人，关起门来说话，又没有外人。"韩小鹏呷了一口酒，并没有夹菜，"我现在有女人，而且年轻，岁数比她小得多了，呵呵，还提那个女人干吗？"韩小鹏又呷了一口酒，还是没有动筷子。

　　"老表，吃菜噻！"张二的女人因为韩小鹏替她说话，把桌子上的冰羊切盘和肉丸烧青菜朝韩小鹏的面前推了推，又把韩小鹏放回去的那只螃蟹递到他手里。

　　张二的脸色这才缓和下来，"老表，不要光是喝酒，吃菜！"

　　韩小鹏把螃蟹放在桌上，搛了一口青菜，"秋天这个大梗子的青菜最好吃，白梗子的比青梗子的容易烂。多摘点叶子下来，切碎腌成咸菜，第二天早上直接用麻油、酱油拌匀，吃粥清口的不得了。以前小琳经常这样弄，菜帮子腌咸菜，菜心烧肉丸，青菜比肉丸还好吃。饭店的菜，好是好，油面太大，你又不知道是不是地沟油，油不要钱似的。小的们，干儿子们，经常请我下馆子，都吃厌了，还是家里烧的菜好吃。"

　　"你女朋友是哪里人啊，听说是外地人，会不会过日子啊？和你女儿关系怎样啊，应该两个处得不错吧？"张二的老婆偷偷瞄了张二一眼，见张二没有愠色，嘻嘻地笑，用勺子舀了一个肉丸放在韩小鹏面前的碗里。

　　韩小鹏用筷子把肉丸夹成两半，搛了一半放在嘴里，"就是这个闹心，女儿不懂事，她也不懂事，成天在家叮叮当当，这不，来你们这里躲清静了。"

"那也是你的福气，齐人之福！"张二老婆呵呵笑了起来，张二老婆古装剧看多了，也会学个文绉绉的词语，只是她没有搞懂齐人之福的意思。

"什么福不福的，那是受罪，一天吵到晚。女儿睡懒觉，我女朋友早上要起来上班，其实我也养得起她，她硬要去药店上班。早上起来在院子里漱口刷牙，洗衣服，女儿说是吵着她了，披头散发赤脚跑到我们房间硬是拖我起床，让我当着她的面管教我的女朋友，你说，我能怎么办？"韩小鹏又喝了口酒，黝黑的脸膛开始呈酱紫色。用筷子撵了一块炝藕，"这个好吃，二老表，你可以上街摆摊子了，怎么做的？"

"把藕切成片，放锅里煮八成熟，捞起来，把水沥干，装盘子里。把干的朝天椒切碎，放入生姜、葱、蒜末、糖醋，一起在锅用油炼一下，浇上就行了。"张二有一种被认可的感觉，做饭店大厨一直是他的梦想，他也就很详细地介绍给韩小鹏听。

"也够麻烦的！我现在是做什么都打不起精神，这个肉丸和藕真不错，难得吃到这么可口的家常菜。"韩小鹏又撵了一块。

"你女儿不上班？"张二老婆抓了几颗花生米，用手指尖捻去花生红衣，放在口里。

"一开始上班的，女儿二十岁生日那天，闹着去找小琳，我也就没拦她，小孩过生日想妈妈很正常。复婚的事情不用讲了，小琳嫁了一个六十多岁退休的老干部，做了个现成的奶奶，帮人带孙子。我以为女儿都二十岁了，小琳最起码带她出去吃个饭，买件衣裳什么的。结果听丫头回来讲，小琳门都没让她进，把她支得远远三十里，一分钱都没有给，还叮嘱她以后不要去找她，丫头回来蒙着被子哭一天。"

"小琳心还蛮狠的！"张二老婆摇了摇头。

"老娘岁数大了，说话难免啰嗦，也看不惯我女朋友。女朋友每天正餐不吃，骨头汤不喝，叫外卖来吃，全是些麻辣烫、关东煮之类的。老人心疼钱，不停地和我唠叨，其实女朋友花的是自己的钱。我只能各棒打五十，女朋友闹着要回老家，她家里其实没什么人，才和我在一起的。老娘在家捶手顿足，也跟着闹，骂自己早死早好，免得丢人现眼，活受罪，闹成一锅粥。"

张二的老婆眼睛红了，她是打做媳妇过来的，经历过婚后婆媳关系紧张，多年吵吵闹闹，这才扭转局面，她是深感做媳妇的委屈的，"照你这样说起来，你女朋友还蛮可怜的，她既然肯和你过日子，你也要好好对待人家，你妈妈的话也不要全听，毕竟是你女朋友和你过日子，哄住她些。舅母也不好，还不接受教训，当初不是她和小琳闹别扭，在里面调三窝四，估计这个婚也不得离。这么大岁数了，脾气要改改了，懂事的老人，骗还骗不过来呢！"张二老婆起身搛了几块羊肉放在韩小鹏的碗里。

"是的哎！"韩小鹏把杯子里的酒一口喝下去了，张二忙又替他满上，"我只有在被窝里哄她，但我知道，她和我过不长的，我比她大得多，是留不住她的。"韩小鹏又喝了口酒。

"老表，酒不能这样喝！"张二开始拦他，"夹块羊肉，吃点菜，空心饿肚的，伤身体！"

"我三高，血压、血脂、血糖都高，体检，医生还说我尿酸高，白酒、啤酒都不能喝。我才不管，不信医生的话，酒照样吃，海鲜照样吃，有命吃饭，没命滚蛋。"

"你要待人家女孩子好些！"毕竟是女人，张二老婆有点同情韩小鹏的女朋友，"人家肯在你家待下去，肯出来上班，不错了，五六户挤在一个大杂院里，又没抽水马桶，一大早还要去公共厕所倒痰盂，也难为她。"张二的老婆还没从韩小鹏小女友的话题绕出来。"小琳不肯对女儿好，是怕女儿以后会不时地找她，也是怕再回头住这个大杂院，人往富日子好过，再往回过穷日子就难过了。"

"我申请买了一套经济适用安置房，在富康花苑。"

"写女朋友的名字了吗？"张二对这个问题似乎比她老婆更关心，还没等老婆开口，就有点急切地问。

"我怎么可能写她的名字，这个房子是预留给我女儿结婚的。"韩小鹏拈了个花生米放在嘴里，羊肉一块没动。

"怪不得你说女朋友和你不长久，换作是我，我也会离开，你根本就没把人家当作是自己的人！"张二的老婆嘴一撇。

"你晓得什么？乱插嘴！"张二白了他老婆一眼，把手里的酒杯放在桌子上，"这是老表做的最靠谱的一件事，新房子给侄女结婚。她要有心，一心一意和老表过，就住老屋子，尽她住一辈子。写她的名字，过不到一块儿去，还要分家产给她。"

"这样，人家女孩子和老表在一起，就没有安全感了，也就这么点家产，还要防备人家，人家图的啥？她若是和老表养个伢子怎么解？到时还不带人分？"张二老婆也白了张二一眼，"你们这些男人啊，太无情了！"

"我是不会和她养伢子的，一个女儿就让我力不从心了！"

　　韩小鹏第二杯酒已经见底了，张二意欲不给他倒了，韩小鹏把眼睛一勒，"你瞧不起我了，是不是？省酒待客了？"

　　张二没法，只得给他倒了半杯，韩小鹏拿过酒瓶，给自己斟满，"这杯喝了，就不喝了！"

　　韩小鹏把碗里的羊肉放一块在嘴里，张二老婆把切有胡萝卜丝和辣椒酱的碗换到韩小鹏面前，"蘸点辣椒酱。"

　　"其实生胡萝卜丝和羊肉是不能一起吃的！"韩小鹏点了一支烟，"我们这个地方不知怎么搞的，吃冰羊都要配生的胡萝卜丝，其实这两种不搭的。就像我女朋友说我们这里冷死了，笑话，再冷还有她们东北冷？"

　　张二老婆没有驳斥他，也不想和他讨论这个话题，反正这是一种约定俗成的饮食习惯，吃冰羊，熟菜摊主就会在切好的羊肉上，另抓上一把胡萝卜丝。家里炖羊汤，人们就会把胡萝卜切成滚刀块放在汤锅里，这是大家习惯的吃法。至于东北冷不冷，肯定比这里冷多了。她准备起身上楼午睡。

　　"弟媳妇，你女儿争气！"

　　张二老婆听得这话，把抬起的半边屁股又放了下来，面露得意，"一般一般，就是花钱的祖宗。"

"有出息的子女都不在身边，没出息的子女赖在身边，撵都撵不走。"韩小鹏叹了口气，喝了一大口酒。

"你女儿就这么赖在家里不上班？"张二老婆又拾起这个话题。

"我和她妈妈离婚后，这孩子越发不听话，初中没毕业，高低不肯上学。弟媳你不要瞎想，凭我在江湖上的名声，啥样的工作找不到！"

"这个我相信，"张二的老婆赶紧接过话，"上次卖房子，那个小炮仔和我们吆五喝六的，还带了三四个浑身雕龙画凤的，看你一来，赶忙老大老大地喊不迭，又是递烟，又是作揖的，招呼打个不停。"

"老了，就落这身虎皮了，吓唬吓唬人罢了。爷在江湖上跑的时候，他们还没出世呢！"韩小鹏得意地笑了笑，"想当年，我在江湖上的名声！"笑容很快又在他黢黑的面堂上消失了，"好汉不提当年勇了！好好的卖房子干吗？还是个门面房！"韩小鹏问张二。

"我们一辈子就苦那么一间房子，你也知道早些年，我和你弟媳起早贪黑，摆地摊，去乡下赶集，什么没有倒卖过，当初那个门面房地势还很偏，也便宜，我们又借了点钱，买了那个门面房。我爸爸妈妈，也就是你姑父姑母还骂我们，买到乡下去了。也是走了狗屎运，现在这个房子升值了，对面要建个时代广场。"张二喝了口酒。

"那还卖了干吗？收收房租不是蛮好的？"韩小鹏有点不解。

"我们原来就是这个打算，指望收收房租，养养老，可是房子租租停停，租一年，倒歇一年，实体店生意也不好做。这几个小年轻来租房，一开始还好，合同一年一签，第二年，不肯交房租，说房租贵了，要由他们定。要命的是，他们成了二手房东，这门面房在他们手上颠来倒去转租了几个人，我有点担不到底，怕出个什么乱子。这不，你侄女今年大四了，准备出国留学，我哪有钱？只得趁机卖房变现。来收房，这几个人又不肯让，就吵起来了。"

"幸亏老二当时想到了你，打电话给你，不然那天我们两个人可要吃亏了。"张二的老婆插嘴道。

"出国留学有什么好？还不如留在国内读个研究生，又是个女孩子，出国镀金也没意思。那个做什么酒总代理的侯二，也叫二子，初中就把儿子送去什么本的？"韩小鹏一时想不起来，开始挠脑门。

"日本。"张二答道。

"不是，那个国家有许多袋鼠，叫什么来着？"

"墨尔本吧？"在厨房里翻手机，年龄小一点的瓦匠师傅站起来，拿着茶杯来到堂屋，看韩小鹏着急抓脑袋，从条台上拎起水瓶倒了杯水，忍不住插了句嘴，"那是澳大利亚的一个城市。"瓦匠师傅端起茶杯，喝了口热茶，准备开始下午的劳作。

"对！摸耳朵本，想起来了。现在不也是回来和侯二店里帮忙。"韩小鹏下意识地摸了摸耳朵。

张二老婆听韩小鹏这样说，急于争辩，"我女儿申请的是公费留学，可以拿奖学金的那种，不是有钱人家孩子花钱就有学上的那种，她也知道我们家底子，没申请去私立学校。"

"那不错啊！更用不着急着卖房子啊？"

"可是听说那里每年生活费也不少花，五年硕博连读，到时和谁借钱去？"张二拿了只螃蟹，扒开脊梁，把醋倒在壳子里，"好在有个房子，现在变现，没有站在空堤上，不然急得没处抓，先快活起来再说，买点小螃蟹回来咂咂味。"张二开始一心一意地剥螃蟹。

"若是前些年老表我还可以借你点，现在手上真就没钱了。"韩小鹏放下了手中的筷子。

"瘦死的骆驼比马大，我们不和你借多还少。"张二老婆不信。

"我要是有钱，我还轰辆破摩托车，小琳还和我离婚？女人啊，什么夫妻感情，要的就是钱，没钱，你试试看，过不长！"

"有女人和你过，你又不当事，人家女子想和你过呢，你又防备人家。"张二老婆咂咂嘴，"女人啊，穷过富过都一样，主要是男人要把她当回事，对她好。"张二老婆用眼角偷偷瞄了下张二，"这叫拿人心换人心。"

"你说我对小琳怎么样？妯娌几个她是第一个穿貂的吧，大金戒指、大手镯、大耳环。没钱了，照样和别人跑，还是个老头！"韩小鹏恨恨地把酒杯里的酒倒进嘴里，自己起身拿过酒瓶又倒了大半杯，喝了一口，把酒杯狠狠地往桌上一顿，"狗屁的感情！"

"你那时快活呢！"张二用手背擦了擦嘴唇的醋汁，两只手没有舍得从螃蟹四分五裂的身体抽离出来，嘿嘿地笑，专心致志地剥蟹爪。

"你也想这样呢，就是没这个命！"张二老婆白了张二一眼。转过头对着韩小鹏，"前些年，看你车来车往，前呼后拥的，小琳手上戴的镯头，颈项里戴的大金项链，春节到老长辈家拜年，聚在一起，妯娌几个眼光有意无意朝她手上、脖子上瞧，让我们眼热的不得了。听老二说，你身上有俩钱，到底是去哪儿了？"

"一言难尽！"韩小鹏也用手把面前的螃蟹外壳掀开来，也倒了点醋进去，拿起筷子把蟹黄挑出来，放进嘴里，"螃蟹小归小，黄子倒开始紧实了。"韩小鹏看看杯中的酒，没有多少了，抿了一小口，"那时开了三家舞场，商品街的黑天鹅，粮食局那边的百乐门，老布厂北面的海洋之星，都是我开的。有俩钱了，不做主，女人就自动靠上来，小琳不停地吵，她越是吵，我越是不归家。"

"钱都在女人身上花掉了？"张二老婆问。

"哪有哎，女人在我身上骗不了几个钱，顶多给点零花钱，只有对小琳我是不在乎钱的。那时讲排场，房子不买，买车。前呼后拥，小弟兄保镖似的一大帮，吃喝玩都是我包圆。不然，我在江湖上也不会赢得这么好的名声。其实，老二晓得，小时候弟兄几个我最胆小，捉迷藏有次爬到姑妈的床肚里，踩到个小老鼠，惊叫起来裤子都吓尿了。打打杀杀的事我从来不做，舞场里争风吃醋的，喝酒闹事的，底下的弟兄早就摆平了。"

"那你钱都吃喝完了？"

"吃喝也没穷，迷上了赌博，推牌九，炸金花，成日带夜赌，密码箱里全是钱。怕派出所来抓赌，躲到湖里的渔船上赌，眼睛赌红了，就把舞场盘出去，车子也当了，想想那个时候迷了心窍，直到小琳和我离婚，我才醒悟过来，已经迟了，家已经不像个家了。"韩小鹏顿了顿，"小琳走了，也就算了，我最对不起的是女儿，女儿这样不出来找事做，不和社会接触，整天和我女朋友赌气撒泼，我拿她真没办法。"韩小鹏重重地叹了口气，"我女朋友回东北了，临走给我买了双皮鞋和两双袜子放在床头，家里是安静了，可是我更怕回家。"

"你去把她找回来呗！"张二老婆倒是有点着急，"说明人家对你有感情。"

"过不长的，原配的还离婚，何况是半路夫妻。我就这么一点家私，还要留着给女儿，又不能给她什么。如果当年不赌，也像你们买房子，今天就发财了，手上怕有二三十套房子了，送一套给她也没事。现在穷怕了，不能耽误人家一辈子，也许离了我，会找到更好的男人。别看我在那帮小子面前有模有样的，他们给我面子，也是给他们自己面子，我是被他们架起来的威名，要个债了，解决个纠纷了，又不想惊动公家，把我抬出来，互相给自己一个台阶下，万一闹起来，我这个人不经打，也不会打，现出原形，这个江湖就不好玩了。细想起来，人这辈子真没意思，你玩我，我玩你。"韩小鹏把杯子里的酒喝光了。

"菜都吃冷了，我来热口热汤，酒不要再喝了。"张二老婆立身就在堂屋临时摆放的煤气灶上热了汤，给韩小鹏和张二盛了饭。

"弟媳妇真是个热心肠，下次我请你和老二吃饭，别的老表躲我还来不及。"

"哪里话，都是一家人，是你以前自己走动得少，你要是中午或晚上没饭吃，直接来，遇茶吃茶，遇饭吃饭，不特意为你准备。"张二老婆说的倒是实话，女人心软。

"我俩把螃蟹吃了，放晚上不好吃了，你上楼去睡会儿，锅碗我来收拾。"张二的婆娘听老二这么说，擦了一把手，上楼了。

张二老婆一觉醒来，下楼一看，桌上一片狼藉，螃蟹吃光了，不见人影，估计张二和韩小鹏出去泡浴室了。张二老婆一面在心里骂张二，一面收拾桌子。年长的那个瓦匠师傅问张二老婆："时代广场对面那个门面房原来是你家的呀？"

"怎么了？"张二老婆有点摸不着头脑。

"你没看到我那天也在场？"

"没有啊？"

"估计你们只盯着你们老表了，他在我们庄上给人家看蟹塘。我那天在他巷子里的一户邻居家装修，他来找我，给了我 250 元，相当于我一天的工钱，用布把这个瓦刀包起来，坐着他的破摩托车，去的你们那儿。哈哈，那几个小家伙以为我带了家伙！互相在旁边递眼色，才不敢欺身上前。"

"真的？假的？"张二老婆嘴里嘀咕了好多天，也没见韩小鹏登门，这已经不重要了，反正房子已经不是她的了，她关心的是韩小鹏有没有找他的女朋友，那个临走前给他买了鞋子和袜子的女子。

厨房装修结束的时候，瓦匠师傅给张家二子带了一网兜的螃蟹，说是韩小鹏托他带来的，对公对母，母蟹三两，公蟹四两，一共十只。这是他在乡下看蟹塘半个月的工资。

凡人小传五则

一、钟大先生和小脚老太

日本鬼子火烧二沟这个临澄子河而居的小镇时，从镇子东西两头各放了一把火，人倒是都跑了，撑船逃到对岸的卸甲藏在油麦地里。二沟和卸甲一河之隔，却没有一座桥，往来都是靠竹篙子撑船，摆渡船也是有的，靠的是人划桨，是要收费的。大火烧了两天一夜，烧到镇中心的钟大先生家时，新四军来了，火被救下来了，日本人跑了。钟大先生家是二沟镇上唯一留下的三面环廊的木质结构的屋子。

钟大先生办过私塾，是个私塾先生，镇上人都尊他为钟大先生。大儿子参加了新四军，经常在里下河的临泽、横泾、周山一带抗日打游击。有的人说他抗战死了，有的人说他夜里回家探望钟大先生,被日伪军知道了,夜里来搜,他一个猛子扎进澄子河游到对岸,和陈毅、粟裕部队转战其他战场了。多年后,家乡人才知道他已是北京某军区司令员了。

钟大先生的确有个先生样子,肤白而且清瘦,没有种田人的黧黑。一身长袍清清爽爽,大夏天穿着缎织的雅灰色的睡衣睡裤,很是讲究。堂屋地铺的是青色地砖,阴凉!中堂挂的是大幅的天地国亲师。堂屋两边厢屋抄手长廊合抱,南边也有厢屋合围,都是木质地板,木格窗户,开合窗户都是用屉子,纸糊的窗眼。中间一个天井。钟大先生喜欢在天井里打拳,有时在天井里吟哦昆曲,一板一眼。老先生只有出恭时才出大门边,族里婚丧嫁娶,一概都由过继的儿子打理。大儿子走后,好像过继了一个外甥,开枝散叶。三个孙子孙女,独喜欢聪明伶俐的大孙女,亲自教她念书写字,取名秋红,并不按族谱排行,喻意秋果累累、万紫千红、胜利在望的意思。

小脚老太,并不知道她姓什么,从哪里来的,有人说是地主的小老婆,地主死了,就跑到这个镇子买了一间屋。也有人说是三垛镇哪个堂子的,年老色衰,跑到乡下来了。门一开就是支的锅灶,有一个方桌吃饭,老爷柜,摆放蜡烛台神像的地方。隔了一道墙，里面是一张床，还有一口木头棺材。棺材搁的比她的床还高，红彤彤的。

老太太娇小瘦弱，却是白净清雅，头上梳的发髻，簪一根银簪子，戴一只玉手镯。同样是月白色小袄，配着黑色裹脚裤，两只藕粽似的小脚，走路好似风掠残柳。有人说她有体己，在那口大棺材内，棺材内有她的老衣，有凤冠霞帔，红袄蓝靴。有心肠不好的人造次去打探，见她穿着老衣躺在棺材里，那人吓得半死。

小脚老太虽是一个人过，生活却不马虎，喜欢吃鱼。扳罾的，倒护篓子的，掏蟹打鳖的，去集市场换钱的，都喜欢在她门前拢一拢。她吃的并不多，有时几条昂刺，或两条长鱼开水锅里一烫划开，撒点韭菜，熬一碗汤。更多的是烧杂鱼，硬头鲹、虎头鲨、草鱼头子、小虾石蟹一起煮。中午做饭的时候，把晚饭就连带做好了，锅膛门口扫的一根草屑都没有。冬天就把饭盛好放在草编的饭煲里，天未黑就吃饭上床，灶台里不留一点火星。

钟大先生和小脚老太虽住在一个镇上，一个是文人雅士，一个是市井俗妇，并无交集，日本人的这把火却把他们拴在了同一只船上。

小脚老太照倒是从锅底狠命地抹了一把锅灰抹在脸上，

去了银簪，褪了手镯，披头散发，从棺材内掏出一包东西揣在怀里，被人群裹挟着上了逃往油麦地的船。

小脚老太的棺材终究是没有留下来，被日本人的大火烧掉了，老太太如丧考妣，捶胸顿足，整个人像丢了魂，风一吹都要倒了。钟大先生出面拉头，叫上族里的后生，在老太太房子的旧址按原样垒了土坯房，照例，她的床头，还是有一口红漆棺材。

二、二妈和她的旗袍

这个巷子叫庵巷，因巷口南面有一"极乐庵"而得名。出巷口就是菜场，又因靠着大运河和高邮湖，纯野生的河鱼湖虾比别处多且贵些。一来这原是高邮最热闹的地段，中市口，老干部聚居地，二来靠着实验小学和第一小学，又毗邻市人民医院，租房伴读的，医院实习生找房子租住的，人口密集，菜蔬鱼虾卖得就时兴些。

二妈，其实年龄并不大，二爷在长辈中排行老二，小辈们就都这样称呼她。二妈原是市百货公司的会计，二爷在人民商场做锅炉工，儿子成成，还有一个婆婆和他们住。二妈粉白大圆脸，肌肤雪白，院里每年栽一架丝瓜，夏天穿件藕色的旗袍，真丝缎面的，更是把脸色衬得粉嫩。中午下班回家，午休，在堂屋里放张躺椅，脸上贴满丝瓜片。丝瓜是最好的抗皱护肤品，二妈说。二妈还是烹饪高手，腐乳排骨，不同别人家做的红烧排骨或糖醋排骨，别有风味，还有熏鱼，她炸的熏鱼酥脆入味，咸淡适中。吃饭都是一桌子菜，二爷好个酒。家里的零嘴小吃，干果瓜子，一样不缺。二妈手很松，不市侩，也不论家长里短，她不喜欢串门，小毛孩却喜欢朝她家里跑，因为去了，不会空手回。二妈不因哪家媳妇得宠些，言语上就高低些，哪家妯娌不睦，就调三窝四。都是一点点熬过来的，年龄大了，就好些了，她都是这么背地里劝慰人。

后来二爷二妈都下岗了，好像一夜之间，这条巷子端着饭碗吃饭，站在廊檐下讨论昨天晚上手气如何的，沾沾自喜公司厂里福利加班费多少的人们一下子沉默了。

二妈和她的手推车出巷子了。在中市口街面上做油饼，有韭菜肉馅的、青菜肉馅的、芝麻馅的，比社保局巷子那家的油饼铺出摊要早得多，五毛钱一个，而且饼大馅足。败家娘们，二爷说，哪有这么做生意的，放这么多料！每逢佳节，端午、中秋、春节不出摊做油饼，就在中市口菜市场内，临时租个档口，支一口锅，炸熏鱼。草鱼、青鱼各是各的价，更有一种毛杀子，也叫毛刀鱼，是高邮湖特有的水产，长不大，顶大一指长，炸得酥香蹦脆，大人小孩连刺一起吃，舍不得丢手。

成成结婚了，娶了宝应姑娘，在宝应买了房。二妈很知趣，识大体，把老屋修饰一番，让儿子媳妇两头住。后来收了摊，去宝应带了几年孙子，孙子入托后，仍回到这个巷子来住。

二妈现在已经退休了，仍闲不住，在一服装厂后道上剪线头。又不是什么重活，帮衬帮衬孩子，玩也是玩得了，二妈和邻居们说。只有晚上饭后才和二爷在穿心河散步，俏真真地穿着花色旗袍。所谓富不颠狂，穷不失仪，大抵如此！

三、花兰余

花兰余，姓花，这在小城来说，是为数不多的姓。

花兰余分到二沟卫生院的时候，人们以为他是个娇滴滴的花姑娘，及至走到跟前一看，原来是个毛头小子，刚刚从卫校毕业，戴着个近视眼镜，走路没有正形，一蹦三尺高，镇上那时的粮站和中学都有篮球场，花兰余虽然好打篮球，技艺却不精，被学校的老师和粮站的工作人员，嫌得狗屎烂臭，踢来踢去，花兰余仍是憨皮厚脸地腆着脸两边蹭场子。

二沟因为地处三垛和县城之间，不远不近，地段有点尴尬，有重大疾病的患者，二沟以西的，脚一搭去了高邮，三垛以东的大都去了邻县。去医院就诊的，大都是附近头疼脑热的，伤风感冒的居民。花兰余最初接触最多的病人，是大夏天毒太阳底下，田间喷洒农药中毒的农妇，要么是家长里短，鸡争鸭斗，一时转不过性子喝药水的小媳妇儿。洗胃，灌肥皂水，逐渐练成了花兰余的强项。他也不怕那些口吐白沫、翻白眼的大娘小媳妇，掐人中，做人工呼吸，手忙脚乱，衣服汗湿湿地粘在身上。他还有个长处，虽然是个外科医生，扎针吊水，针法比护士还护士，一扎一个准，老大妈和小孩子，最喜欢喊他来。"唉！来了！"他的应答声，脆生生的，让人听了，心情顿时明朗，身上的痛楚，好像暂时就得到了缓解。

这样，被他救治过的镇上的大娘就开始留意他的婚姻。

花兰余只有一个寡居的母亲，家境并不宽裕，镇子西头就有一个能干的姑娘被人说媒，把花兰余夸得完美无缺。姑娘邵俊，人如名字俊美，几次对眼相看后，看上了他的憨直，缔结了一段姻缘。

花兰余有了儿子，走路不再一步三崴的了。因为上街，牵着儿子，人们都尊他为"花医生"，是到了在儿子面前立威的年纪了。医院的医生，有门路的大都去了市医院，要么市人医，要么市中医，再不济去了三垛。花兰余去进了修，仍回二沟，一段时间做了院长。镇上的即使在外就医的重疾患者，癌症晚期，在家休养的，一时半点，疼痛起来，需要打个针，吊个水。半夜三更，一个电话，他就像以前的赤脚医生，背个药箱，一喊就到。也不嫌脏，便秘严重的，甚至和病人家属一样，套个一次性手套，帮病人去抠。病人疼痛过后，握手言谢，花兰余用手把眼镜往鼻梁上推一推，仍然憨憨地一笑，"应该的。"并不肯吃病人家属下好的一碗面，尽管碗里卧着两个鸡蛋，背着药箱，歪着肩膀往医院宿舍赶。

二沟镇公路以南的人家，如今要拆迁了，河道要拓宽。从安全角度讲，这倒是个好事，因为南北人家，每年横穿马路，被车子撞飞的不在少数。镇中有户人家，大儿子残废，捡破烂，小儿麻痹症，不会说话，走路拖着一条腿。不是骂人的话，瘸子好跑路！大晚上，跑到马路上去晃悠。估计开车的也是个冒失鬼。一般经常路过的，过二沟这段，都会放慢车速。大儿子像只蝙蝠被撞飞了起来，撞出三四米远。出人命了！众人把抖得像筛糠似的驾驶员围集起来，怕他跑了，都以为大儿子没命了，即使有口气，救活也意义不大，不如让驾驶员赔俩钱。唯独花兰余拨开众人，上前跪在地上，查看了大儿子的伤情，把撞出来的肠子往肚子里揉，简单包扎，打了120急救。这户人家的父母也是看护累了，"撞死倒好呢，救什么救？"

"即使是只狗，被撞了仍要救治的，何况是人！"花兰余有点急眼了，脸红脖子粗。

"奶奶——"大儿子适时叫了声奶奶，因他自小是被奶奶带大的，奶奶去世多年，这会儿叫出来，也不知是糊涂了，还是清晰了。事后，他和众人比划，说是被撞到那天，他看到奶奶了。

这声"奶奶"叫得他的父亲泪水涟涟。因花兰余电话及时，110还没到，120已经飞驰而来。大儿子命大，捡回了一条贱命，苟活到现在。

其实，要写花兰余多么地杰出，也写不出来的。就这么一个平凡的人，在平凡的工作岗位上做着平凡事。人们见面也只不过是叫他一声"花医生"，就把他当着是自己的左邻右舍，这个镇上的一个居民而已。

四、姚百万和他的烧饼铺

姚百万未有百万这个名号之前，高中毕业回家打烧饼。世间有三苦：打铁，磨豆浆，贴烧饼。戴一副近视眼镜，镇上都叫他啥老爹（意思是迂腐的意思）。以前镇上黄烧饼卖的少，哪户人家小媳妇儿生养，做小月子，七大姑八大姨送汤，才会买黄烧饼。六十个黄烧饼，四斤黴子。早上起来当早餐都会买一套，插酥烧饼夹油条。主要是里面的酥，面粉全是用香油来拌，甜的就加糖，咸葱的就加盐葱，不掺水，揉匀，揪一撮鸡蛋大小的酥放在发好的白面团上，烧饼槌子喤喤嗒一响，来回一擀，烧饼成形，撒上芝麻，贴入烧饼炉子。你想啊，炉膛烧得红彤彤的，赤手把几十个烧饼贴上炉壁，可是个技术活！左右开弓，两个烧饼这么朝炉壁上一贴，多烫啊！双手用冷水浸一下再贴，练就了铁砂掌。烧饼出炉，还要掌握火候，不能糊（烧焦的意思）。啥老爹上学又没学过做烧饼，回来却能把烧饼打得呱呱叫，方圆几里赶集卖粮的都喜欢吃他做的烧饼。镇西头有家磨豆腐的，并不注重家庭的建设，每天都去光顾他的烧饼店，镇上人编了个顺口溜：穿的像华侨，住的像寒窑，早上吃的烧饼夹油条。

老爹成绩其实不错，那个时候是一刀切，没有二本三本之说，回来打烧饼老师说可惜了，去复读吧。老爹不肯，说自己是长子，上学的机会还是留给弟弟吧。

人们是看得出这户人家发达起来了，前到后砌了三进房屋，大院子的作场可以自己晒麦晒稻晒菜籽。雇了两个帮工，带了两个学徒。老爹大夏天仍亲自赤膊上阵，一来不到期满，这点技术还不能先被徒弟学去，二来，不做事，干什么呢，闲得慌。

终于有媒人上门提亲了，女孩子城市户口，在县城林邮丝织厂上班，肤白貌美，身量苗条。镇上人都认为谈不成，一朵鲜花插在牛粪上了。女方撂下一句话：我不去乡下，必须要解决户口。第二天，老爹就花八千元买了城镇户口，来城里找工了。

老爹进了电讯器材厂，捺住性子结了婚，有了小孩，生米煮成熟饭了，干脆辞职了！

以前公交车少，上城都是四轮卡，车子后面可挂自行车，四轮卡是不允许进城的，泰山庙那边就有四轮卡临时管理处，他就在管理处对面租了两间大门面，卖南北干货，乡下大班小事，开厨条单子的，下车就能看到，生意非常得好。过一年，老婆也辞职了。她是没做过生意，老爹说，没有感受到做生意的活便，牛拴到树桩上了，还怕她跑了不成！

后来，文游路上的大车站东移，据说老爹背了几麻袋的百元大钞，一口气连排买了八间门面，此后，人们正式把老爹更名为姚百万。其实，发财并不是发山水淌来的，还要人去捞。姚百万就这么捞着了。

五、小萍针织行

小萍嫁到这个巷子里的时候，巷子里的男人有点愤愤不平了，凭他小忠怎么娶了这么个漂亮的媳妇！眼睛双眼叠箍（双眼皮），水汪汪的，黑是黑，白是白，典型的鹅蛋脸，白里透红，嫩得可以掐出水来。最是那弱不禁风的身段，立在那里让人想起林黛玉，心生怜爱。堂房几个妯娌再怎么会打扮，也都被比下去了。好白菜让猪给拱了！人们背后这样嚼舌头。新媳妇在这个巷子里来来回回地混熟脸的时候，人们的不平之意才略减了些。小忠走路略有点颠，是小儿麻痹落下的病症。

据说小忠四五岁的时候，还是一个活蹦乱跳健康的小男孩，当时正在砌新屋，一家临时寄宿在一个旧庙里。有人说是冒犯了神灵，其实在当时医疗水平不够，打错了针，在一次高烧之后，下肢瘫痪了，所以小忠的婚事成了他父母的一个心病，四处托人给说个媳妇。有缘千里来相会！只是见了一面，媒人就被撂到墙外了，小忠对小萍是一万个满意。小忠父母更是怕未煮熟的鸭子会飞，左一个小萍，又一个乖乖，封了一个大大的红包。婆婆更是赶着说："你到我家来，不要你洗，不要你烧，饭捧到手上，水端到脚下。"气得未出门的小姑在家摔碗掼盆，这还没结婚呢，就把我当泼出去的水了。

小忠打动小萍的是小忠那一本一本的工笔画和一手漂亮的钢笔字。话不多，但笑容明亮，让小萍觉得很温暖很实在。小忠除了坐在轮椅上外，可是标准的帅小伙子，面如冠玉，浓眉大眼。这就是缘分，两个孩子就这样在一起了。

原以为是聋子的耳朵，不出一年，闷声瞎气的，小萍生了个大胖小子。公公婆婆跑路劲抖抖的，说话更是中气十足，巷头说话，巷尾都能听到，红蛋更是挨家散。

虽说是婆婆疼媳妇，可时间久了，牙齿和舌头也有磕磕碰碰的时候，更何况连买卫生纸都要和婆婆拿钱，有了小把戏，小家庭的开支更多了。有时候婆婆心情不好，脸变长些，孩子气的小姑把侄儿喝的牛奶也喝喝。小萍脸上挂不住了，用钱很不活便，荒年饿不死手艺人，她决计去学门手艺，去和人家学针织技术。

这家针织行巴不得有人来学徒。现在人图快活，宁愿站个门店，做个酒店服务员，到时拿工资，不劳神。这个靠臂膀力气来回拉动机器的针织技术活，没有人愿意学。老板娘一开始还怕小萍吃不来苦，像个画上的美人儿，风一吹都怕刮倒，答应试用一天。一天下来，小萍竟然织了一片正身，一片袖子。老板娘当即拍板，收她为学徒，学徒一年期满，才能出师。

小萍可是个聪明伶俐的人。不到三个月，针织衫的大抵编织情形她已学会，就是上衣领和缝袖子这些细枝末节的地方，老板娘都还背着她。教会徒弟，饿死师傅。师傅怕小萍像前几个徒弟一样，才学个三脚猫，学徒期未满就另立门户了。小萍兢兢业业地跟着师傅后面做，师傅晚回她也晚回。寒冬腊月最忙的时候，小萍更是陪师傅到深夜。半年下来，师傅有意无意地把她的全部技能都教给了小萍。"这孩子没嘴没面的，话不多，见人一脸笑，是个做手艺的料。"师傅后来逢人便说。

来年春天闲下来，师傅夫妻要回家乡四川了，家里孩子大了，也不打算出来了。"小萍，你把这店盘下来吧。"师傅对小萍说。

"我能吗？"小萍尽管百十次地想，但还是心里没底，有点儿不自信。

"有什么不行的呢，小萍。难道你想打一辈子工？我这个针织行是个热窝子。一个冬天下来了，你也看到这个生意的好坏。转给别人我还舍不得，转给你我千万个放心，明天和我出趟门。"师傅第二天带她出了差，去外地的毛线市场，把她介绍给经营毛线的经销商，教小萍怎么去识别羊毛线、羊绒和貂绒。"师傅领进门，修行在个人。"师傅对小萍说，"还有三个月房租到期，房钱就算了，算是冬天你的辛苦钱，三台机器折旧算给你。"

小萍回家和公公婆婆说了，公公婆婆半天没言语，前期投入七七八八加起来两三万元哩，可不是个小数字！小姑今年忙着要出嫁，多少要有点陪嫁。"爸妈，当我借你们的！"小萍意志坚定对公公婆婆说："小忠也没有事做，我们总不能靠你们一辈子，我们还小，还有双好手，正好开夫妻店。小忠在店里绕绕线，我织衣服，织好了他帮我熨烫，洗涤，我省得找小工，夫妻二人自食其力多好！"这句话戳中了公公婆婆的麻爪子，咬咬牙，拿出来积蓄。小姑子临出嫁了，倒体恤哥嫂了，没提反对意见。闷声大发财！没放鞭炮，没摆花篮，换了个门头，"小萍针织行"

开业了。

　　这个门店选址在市里最大的菜市场附近，又靠着一所学校，南来北往的人很多。小萍嘴勤，眼勤，手勤。有时候有岁数大的来换个领子，加个袖子，小萍都尽心尽力帮忙弄好，不像别的针织行眼高手低，这类活儿不接。撑过了淡季，这年的冬天特别冷，小萍的生意也就特别地好。小萍雇了两个季节工，专门织正身和袖子板块。小萍上领，缝肩，梭袖口。领要上的不高不低，袖子要不长不短，尤其肩不能斜，这要点技术。公公在家带孙儿小把戏，一日三餐送到店里。婆婆负责洗涤，挑绒。小忠负责绕线，熨烫。一家齐上阵，忙而不乱。第三年春天，一算账，投资的钱全回来了，还赚了不少。小姑也风风光光出嫁了。

　　夏天用蜡封针织机两个月，秋天开机才不会生锈。这两个月小萍也会去一些针织厂转转，逛逛商场，看看新式样，买针织书回来，琢磨怎么在款式上推陈出新，与时俱进。小忠对绘画极有天赋，小萍欣赏并支持小忠的兴趣爱好。小忠靠自学学会了烙画，即用烙铁在纸上烙烫，烫痕的深浅自成特色，别是一番风格。小忠的烙画经常被市残联拿到省里参展，屡次获奖。以前两人出行，是小萍推着小忠。现在是小忠开着电动四轮车载着小萍，有说有笑。

　　小把戏已经满地跑了，姑姑姑爷回来得也勤，小把戏身上的衣服也是姑姑买得多。满五岁，小把戏就上了幼儿园。小萍和小忠只念了初小，上学的不易与艰辛让他们到底感到有点遗憾！小把戏第一天关幼儿园没哭，第二天还没明白过来，第三天走在半路赖地上不肯去了。"惯儿不惯学。"凭他怎么哭闹，小萍还是狠心把儿子送去，十头八天，小把戏服头了。早上上学欢欣雀跃，学校的小朋友多多呀！比在家里玩线团好玩多了。

　　女人到婆家旺不旺夫看五年。这五年，小萍硬是给这家带来了生机和希望。其实倒不是女人旺不旺夫，勤劳持家会过日子的女人本身就是一个宝。

放　生

···　1　···

　　肖伯琴路过张玲红的鱼摊时，故意把身子一挺，头向上扬了一个角度，高跟鞋踢踏得震天响。张玲红搜寻她的目光，想来个硬碰硬的撞击，却没有遇着，肖伯琴并没有迎接张玲红的目光，她将目光投放到了别处。张玲红狠狠地朝地上吐了一口唾沫，对着肖伯琴的后背高声地骂道："跟做领导似的，拽得不轻，只不过是给人家做饭，说到底就是帮工，以为自己高人一等，打扮得乔模乔样，这样装扮给谁看，勾引谁？有本事养在家里，不抛头露面上菜市场买菜才叫本事！"肖伯琴的肩膀稍微晃动了一下，像是要停下来应战似的，张玲红刚想把昨天一夜在床上串联好的骂词演绎一下，肖伯琴却又若无其事地朝另一家鱼摊走去。

几个买菜的邻居听见张玲红叫骂，都停下来，盯着肖伯琴的后影朝张玲红挤眉弄眼。魏水生连忙叫张玲红搭把手，把四轮车上的鱼按品种、大小倒进各个盆子里，"什么事都有个了结，还抱着嚷嚷不休，赶忙做生意。"众人见魏水生有杵他们的意思在里面，也就买鱼的买鱼，买菜的买菜，兀自散去。

张玲红是憋足劲儿想和肖伯琴骂上一仗的，这个女人昨天和她的婆婆居然骂到她门上去了，她和魏水生去运河里收网，傍晚河上起了一点风，回来迟了一点，尽管回家听到婆婆讲，这对婆媳并没有占到一点上风，她婆婆一路用骂声把她们婆媳护送回家，左邻右舍也帮腔说这对婆媳毫无道理，居然到人家门上兴师问罪。其实并没有什么大事，这个地方有种说法，除非是"红人"，即做小月子的，故意登别人的门，找别人家晦气，或者男人带别的女人回家，被家里的女人发现，才到对方门上吵骂。两个孩子在学校坐一条板凳，肖伯琴的女儿穆小小在班上经常取笑张玲红的女儿身上有鱼腥味，在课堂上捏着鼻子要求老师给她调换位置。张玲红的女儿魏苗苗下课给了穆小小一巴掌，穆小小找老师告状，老师批评穆小小太娇气，同学之间应该互敬互爱。穆小小回家一哭诉，肖伯琴立刻拉着婆婆骂上门去，兴师问罪，小小不能白挨了一巴掌，谁知竟被狠狠地骂了回来。肖伯琴低估了老太婆的战斗力，她没有考虑后果，她和她婆婆两个人被张玲红婆婆骂得张不开嘴，陈芝麻烂谷子的事，包括婆婆年轻时的荒唐事，都被张玲红的婆婆像把箱底里的衣服拿到大太阳口里，晒伏一样曝晒在众人面前，肖伯琴婆婆的眼睛里全是羞愧。

　　肖伯琴和张玲红以前其实在一个厂上班，在一个车间，又在一个巷子住着，既是同事，也是街坊。巷子北边居民大都在城镇企业单位工作，肖伯琴的老公穆强林顶替了他爸爸的工作，在煤炭库工作。张玲红住在巷子南面，叫"太平庄"，大都是渔民。魏水生没有工作，继承父亲衣钵，取鱼为生。现在提倡湖里围养，野生的杂鱼逐渐珍稀了，魏水生在巷口的菜场租个摊位卖鱼。每年的禁捕季节，他就卖围养的鱼，开捕的季节，魏水生就和渔民一起去河里捕鱼。魏水生网撒得好，地方和省里的电视台，来拍地方志之类的节目，都是叫来魏水生表演。魏水生每一次的撒网镜头，都赢得满堂喝彩，他倒不是在乎那三百块钱，网被他抡起的时候，就好像憋在胸腔里的力量得到释放，整张网天女散花似的，浑圆地落在水面上。张玲红下班也帮着老公看看摊位，一年到头没有好衣服穿。后来厂里体制改革，张玲红干脆停薪留职，和老公一起打理鱼摊，前一天就去河里把网收好，养殖在河里的水箱里，第二天一大早四五点开着电动四轮车去河里取鱼，拿到市场上卖，帮着买家剔除鱼鳞。夏天还好，冬天顶风冒雪，不是一般人能够吃得了的苦。人虽然辛苦，但是花花绿绿的钞票让张玲红感到踏实安稳。没一年，肖伯琴也下岗了，单位照例补偿了一点钱打发工人回家。

刚刚下岗那阵，有次逛街，偶尔在一家服装店里张玲红和肖伯琴两人正好碰着，张玲红左挑右选只舍得买了一条裙子，肖伯琴一下子就入手三件。服装店老板娘的热情立刻就对肖伯琴高涨了起来，围着她打转，把张玲红晾在一边。后来，张玲红经常在阳台上听到肖伯琴和穆强林的吵骂声，肖伯琴渐渐在吃上有点缩手缩脚，买菜总是抠抠索索的，一般都是拣小的，刚刚死了的鱼虾买，说自己喜欢吃小鱼小虾。张玲红一般不串门，实在是替肖伯琴着急，就去肖伯琴家给她指道，说可以在菜场附近摆个面摊，早上卖菜的、买菜的、取鱼贩肉的，来不及吃早饭，也不高兴做，开个面店生意肯定好。肖伯琴把嘴一撇，我才不要做这些事情，整天风吹日晒，热锅上跑来跑去，皮肤吹都吹老了。我这个样子给人家站个服装店，或者站个超市，总比站在锅门口没有一点清爽气强，说着用眼睛的余光瞄了一下张玲红。张玲红这才注意到自己穿着半腿高的胶鞋，底部厚厚的一层黄泥，套在膀子上的塑胶护袖，沾满的鱼鳞，就像脱了釉彩的塑料珍珠，发出惨淡的光影。肖伯琴并没有让张玲红去家里面坐坐的意思，把她堵在房门口说话。要开，我就开大饭店，做老板娘。肖伯琴对着转身离开的张玲红递上了这么一句话。

张玲红很后悔这次唯一的登门，发誓以后再也不登肖伯琴的门。牛栓在树桩上，不耕田也还是老，人怎么可能永远这么花哨，自己为自己的懒找借口罢了。

本来昨晚上她就想气冲冲地骂上门去，结果给魏水生拦住了："家边邻居的，小孩不懂事，大人还不懂事？过两天，两个孩子好了，你们以后见面还说不说话？"

"那她为什么这样做，还婆媳两个人吵上门，还要你妈带话，让我教育苗苗。我看她教育教育自己女儿才是正事，这么小小年纪，手上脚上全涂了指甲油。上次听苗苗说，穆小小上课玩手机，被罚站，老师让她把家长叫来，穆强林居然拿着个刀去学校恐吓老师！"

"你不要听孩子乱说，他穆强林再怎么不知好歹，敢去和老师吵？现在巴结老师还巴结不过来。虽说他有点不着边际，还不至于这么不知天高地厚，拿了把刀去！"

"我说话你总不信，难道你也看上他那个婆娘了？我是没人家会打扮，我脱了这身衣服，三月不出门，一天一张面膜，再涂脂抹粉，比比看，到底是你老婆好看还是人家老婆好看？"

"说说就不上槽道了！"魏水生笑了起来，"快去锅里把鱼盛上来，我要喝一杯。明天卖过早市，还要去湖里撒网，居委会来通知，说省电视频道要来拍湖上宣传纪录片，明天市委书记都来，不能迟到。"

· · · 2 · · ·

肖伯琴没有敢接茬，她是领教了张玲红婆婆的厉害了，渔船上的人，狗脸上栽毛，说翻脸就翻脸。亏你张玲红以前还和我在一个厂子，一大早在菜市场指桑骂槐。肖伯琴有点儿心虚，她知道如果停下脚步，和张玲红恋战，她是骂不过她的，她得赶紧把菜买齐去主家那里。女主人昨晚上就把拟好的菜单交给她，说今天要在家里请客。尽管主家一再叮嘱，只要新鲜，价格贵一点没有什么，但一想到每次回去报菜价，女主人来来回回地询问，她就担不到底，生怕自己没有算计好，说漏了嘴。这个主家开的工资还可以，比普通人家的都高，她和另一个专门带小孩的外地女子一桌吃饭，据说这个女子持有育婴资格证书，专门培训过的，工资是她的两倍，什么事都不做，包括小孩的衣服，都是肖伯琴洗，那个女人就只带孩子。

如果说一点不揩油，也不见得，肖伯琴家里的那份菜金全部打包在里面。虽不至于主家吃什么，她家就吃什么，至少说比以前丰盛了许多，所以早上这一段时间一点也不得歇。事先把留出来的菜送回家，让婆婆帮着择菜、洗菜，她在主家吃过午饭还要急匆匆地往回赶，她一顿不烧，小小一顿不吃，丫头嘴巴刁钻，不吃奶奶做的饭，不吃葱姜、不吃隔夜饭。穆强林下岗后，零散地打打零工，大部分时间是躺在床上睡觉看手机，人好像和床板粘起来了一样。中午等肖伯琴回来做饭，吃过饭，就去棋牌室打小麻将。夫妻吵得狠了，婆婆出来说，她和老头可以把儿子养好，养到老，主要的倒是你要养活你自己和女儿，看不得我儿子干吗？

也是同一个厂出来的工友，以前是她们车间的"四朵金花"之一，现在在家做阔太，她老公开了家灯具厂，做城市亮化工程，赚了钱。当然，现在"四朵金花"之一的张玲红被排除在外了，邋里邋遢得不成样子。这个阔太念及旧情，给肖伯琴介绍了这个活儿，这个工友的老公和这个主家有来往。主家的女儿在澳大利亚生下孩子，取得外国国籍后，又把孩子扔回国内让父母照看。"这个人家，不要说两个保姆，十个保姆都请得起！"阔太对肖伯琴说，"正常只有女主人和孩子在家，男主人自家企业有食堂，一般不怎么在家吃，说白了，就是做饭给你们自己吃。人家主要是想找个年轻一点的，手脚麻利的，据说这样对婴幼儿成长有好处，小孩喜欢一切有美感的东西。"

肖伯琴几天做下来，并不只是她们主佣几个人吃饭，女主人的弟兄姐妹、七姑八姨喜欢来这里，陪女主人说话逗乐，每天一大桌，都围着小孩转。同人不同命！她很羡慕嫉妒和她一个桌上吃饭不做事的保姆小吴，小孩哪个不会带，小小不是就这么被自己带大了？那个资格证书也就糊弄有钱的人家罢了。

肖伯琴把菜一一摆放在厨房里，等女主人过目，她在厨房里换了衣服，省得衣服上沾染了油香味。一开始她是在专门看护孩子的保姆小吴房里换衣服，后来小吴说，油香味对孩子的嗅觉发育不好，就改在厨房里换了。她本来洗菜做饭也带来了一副塑胶手套，女主人有一次说菜里有塑胶的味道，肖伯琴就不敢再戴了。

　　中午，她把前一天放在冰箱里的剩菜热了热，吃了饭。小吴嘴噘得老高，她用开水泡了饭，撕开了一袋榨菜。肖伯琴单独为女主人炒了一个菜，烧了一碗素汤。中午难得清静，老板娘关照她的亲戚，老谢今天要请重要的客人，不希望家里有很多人。

· · · 3 · · ·

　　魏水生把船开进了河里，这是条木制的舢板船，只不过船改装过了，船尾装置了发动机，可以不用划桨。太阳像鸭蛋黄，从黄色渐变成橘色、红色悬在河面上，也许是为了渲染"晚上回来鱼满舱"的意境，本来说好的摄制时间从晌午改在了午后。张玲红扮成了渔婆的样子，其实也就是在头上包了块花头巾，在腰间扎了个花围裙，都是她婆婆年轻时用过的，压在箱底好多年，这次特地翻了出来。张玲红坐在船头，魏水生有了水的亲近，就好像变了一个人，张玲红当初不顾家人的反对嫁给他，嫁给没有工作、打鱼为生的魏水生，也就是看上了他手里的那张网。

张玲红看着魏水生对着水面发呆，已经过去两个小时了，穿着保安制服的管理人员一再清场，虽是开捕季节，今天相关部门明令禁止渔民捕鱼，魏水生的渔船孤零零地飘在河面上。张玲红把头巾摘下来又扎上，一遍又一遍地抹头上的汗水。这个三百元钱不要了！张玲红从船头站起身，船身跟着晃动了一下，魏水生坐在船尾一动不动，张玲红只得又坐下来。

终于河面上起了很大的波澜，游艇在水面犁出滚滚浪花，鸣锣开道似的呼啸而来。魏水生急速把船驶离浪花击打的范围以外，游艇在河中央打了个转，停了下来。

居委会主任用喇叭站在岸上喊话，示意魏水生去湖中央，靠近游艇。魏水生没有搭腔，自顾自把船开到原来的既定位置，这个位置无论是取景还是取鱼，都是绝佳的地带。张玲红很欣赏魏水生这一点牛脾气，在这处河面上，就是他说了算。

游艇后面拴着的小船被解了下来，从游艇下来三四个人，小心翼翼地爬下悬梯，手把手把拍摄器材传递到船舱里，小船慢慢地靠近魏水生的船。

网在魏水生的手里就好像有了生命，整张网鼓得像一张帆，风灌满了每个角落，饱满圆润，就像倒映在湖里蒙古包似的云。

"淮昂！"小船上的一个人兴奋地叫了起来，犹如哥伦布发现了新大陆，这个声音盖过了张玲红头顶像蜜蜂"嗡嗡"作响的飞行器。魏水生不抬头，听声音就知道此人是谁，他是谢长利，现经营着全市最大的混凝土搅拌厂，当地有名的富豪。显然，这声音也感染了魏水生，当浑圆的网被魏水生拖曳起来的时候，魏水生的脸和湖水在余晖的照耀下熠熠发光。

每次录制这类节目，除了三百元的劳务费，这网鱼也归魏水生所有，算是额外收益。谢长利兴奋地对魏水生说，这网鱼他全兜底，让魏水生出个价钱。

魏水生伸手从网里抄出一条白花花的鱼扔进船舱，掬起的水花像水银倾注而下。张玲红第一次看见这么大的一条"昂刺鱼"，但是这条鱼又不同于普通的昂刺鱼。内河的昂刺鱼黄灿灿的，身量也小，再怎么长，也不会超过半斤重。而这条鱼通体莹白，足有五斤多重，腮下的两根胡须有尺把长，大嘴一张一合喘着粗气，颌下支楞着的两根鱼翅让人想起垓下的项羽。

谢长利笑了起来，"我之所以包你这一网鱼，说老实话，单单看中的也就是这么一条鱼！也是为你着想，省得你一条条地零卖。"谢长利不紧不慢地说，"你把内核抽掉了，这网鱼还有什么价值呢？"

魏水生心里舍不得卖这条鱼，这种鱼十年不遇，是淮河里的特有水产，是从淮河游过长江，又从长江游入大运河，从大运河流入内河，再辗转汇入这里的樊良湖。小孩生痱子，害疖子，产妇没奶的，老公阳痿不举的，喝上一碗奶白如雪的"淮昂"鱼汤，立马见效。而且这鱼不腥不柴，肉味鲜美细腻，味道是下河里的鱼无法比拟的。谢长利能够识得此鱼，也算是没忘本！魏水生想，与其卖给不识此鱼的，胡乱攀扯，讨价还价，生一肚子气，或者吃进自己的狗肚里，暴殄天物，都是不得其所。当下谈妥价格，停船靠岸，魏水生和张玲红把鱼用袋子装好，放进了谢长利车的后备厢。

4

司机把鱼送回来的时候，和老板娘说老板还要陪客人去其他几个地方，特意关照，把鱼用袋子分成份，是要给客人带走的。又把那条"淮昂"单独挑出，用水养好，这条鱼老板自己留着别用，不能轻慢了它。老板娘说知道了，让肖伯琴把鱼处理好，自己急着要出门，她要去美容院做个护理，再请人帮她画个妆。老板娘新换了一身裙装，尽管面料考究、式样新颖独特，穿在老板娘身上犹如拉直了两袖挂在竹竿上寡淡。肖伯琴听到自己心底的一声叹息，这衣服若是穿在自己的身上，该是怎样的摇曳生姿，凹凸有致。

　　肖伯琴把鱼分好，想了想，把那条怪鱼倒进了浴缸，这只浴缸已经废弃了最初的使用功能。老板娘经常吩咐肖伯琴把人送的，或者司机带回的鱼虾、螃蟹、甲鱼之类放进浴缸里养。所以，肖伯琴自然而然地把浴缸放满了水，让这条鱼在这只大浴缸里伸展得欢畅些。

　　肖伯琴卡着时间，把菜一一端上会客厅的餐桌。生熟渐变的工序，在时下炙手可热的美食频道，是一道道"食如性也"的诱人风景，而在现实生活的操作中，热气的蒸腾，炸、炒、炖、煮，对肖伯琴来说，不亚于戕害和煎熬。肖伯琴每隔一天都要在脸上手上涂满鸡蛋清，面膜舍不得买，就用这土方法，但双手还是像被砧板上的厨刀斩过一样，皲裂如鱼鳞般。饶是这样，每次穆强林在嘴上还要颠倒个三四回，说她浪费，尽管第二天早上他比女儿小小多吃个蛋黄。

肖伯琴解下围裙，把煤气灶上的火开成小火，锅里炖的是牛尾汤，这是今天家宴的最后一道菜，炒菜要等客人齐了，现炒现吃。谢长利一行还没回家，趁这个空挡她可以稍微喘一口气。她的屁股还没来得及挨着凳子，小吴在浴室里"坏了、坏了"地尖声叫了起来。肖伯琴循声过去，看见那条怪鱼已经鱼肚泛白地仰躺在浴缸里，两条胡须了无牵挂地荡漾在水面上。

"这也值得大惊小怪的？"肖伯琴故作镇静，嗔怪地看了小吴一眼，"吓着孩子可不行。老板娘刚刚走，你就作怪！"

"这条鱼已经死了！"小吴嚷道，"再不杀了炖汤，鱼就不新鲜了。"

"已经有牛尾汤了！"肖伯琴连忙说，她有点怕这条鱼，鱼眼瞪得浑圆，像是要从眼眶里跳脱出来，鱼嘴大开，露出参差的狰狞的细齿，有点死不瞑目的凶恶。要命的是，她不知道这是条什么鱼，鲶鱼不像鲶鱼，黑鱼不像黑鱼，浑身无鳞，不知道从哪下手。她对无鳞鱼有一点莫名的敬畏，她们家从来不吃没有鱼鳞的鱼，每年正月十五，她婆婆都会买无鳞鱼回来放生。

"难得遇着这条好货，再迟，烧汤就少了味道了。那个时候，老板怪罪下来，你就不好交差了！"小吴看见肖伯琴愣愣地站着，扶了扶她的肩膀，贴近她的耳朵，"不知道怎么剖吧，和平常杀鱼一样，从肚子里剖下去，我的姐姐。"

肖伯琴后来想，小吴估计给她放了蛊，下了迷魂药。平时，她不听她的调遣，甚至两个人还明里暗里地较劲。说到底，小吴本和她是一样的人，都是保姆，凭什么在工资上压她一头。她是比肖伯琴年轻，那又怎样，如果自己把手放在裤兜或者戴在手套里，单从脸和身材上看，小吴占不了多大优势。但是这一次，肖伯琴鬼使神差地把刀在磨刀石上蹭了几下，一刀剖下去，鱼居然直挺挺地跳了起来，血水喷了肖伯琴一脸。

"鱼原来也会装死呀！"小吴笑着拍手跳离了肖伯琴。

· · · 5 · · ·

谢长利把省电视台一行人带回家的时候，已是华灯初上。红酒卧在醒酒器里，像一块瓷实的琥珀。他的这个小厨房在圈里小有名气，这里没有大饭店、小食堂的菜、肉、鱼和各种味道的混合，这里做菜清淡、家常、干净，环境私密，如看惯了灯红酒绿，却在净手的转角处觅得一座碧玉小家。更兼得厨娘风姿绰约，还有一个活泼俏皮的小月嫂，这使得谢长利在他的这个饭圈子里有点脸面。

酒过三巡，肖伯琴把牛尾汤端上桌，谢长利满意地用眼睛的余光睃了肖伯琴一眼，拍了拍肖伯琴的肩。众人笑着当着老板娘的面打趣谢长利和肖伯琴，让老板娘看紧些。老板娘半真半假地笑着说，哪个猫不偷腥，我正好趁便休息。转脸正经吩咐肖伯琴为每个客人舀汤分羹。喝到一半，小吴却又端着另一个砂锅进来。谢长利以为是一道主食，海鲜粥之类，打开锅盖一看，脸色大变，立身低喝小吴把砂锅端走。小吴的笑脸顿时僵住了，腰肢只扭了半扭便也僵直了。

肖伯琴从来没有见过谢长利这么声色俱厉，即使当着老板娘的面，对她和小吴也是和颜悦色，尤其是从小吴的怀里接过孩子的时候，谢长利的手有意无意掠过小吴的胸部，小吴看肖伯琴目光里就盛满了恃宠而骄。肖伯琴虽然有点幸灾乐祸谢长利对小吴的呵斥，但立刻回念谢长利动怒与这条"怪鱼"有关，不由也冒出一身汗，连忙上前从小吴面前端起那锅鱼朝厨房走去。

众人也都识相，谢长利虽面子上还挂着笑容，但有点儿生硬，就像搪瓷脸盆破了，被一块锡补过一样。晚宴草草收场，好在人手一袋的鱼，多少也补救了客人没有尽欢的缺憾。客走主安，谢长利终于把他的脸全部阴沉下来，“这汤到底怎么回事？我一再叮嘱好生养着，怎么就端上了桌，谁杀了它？”

小吴噘着嘴，指着肖伯琴说：“还能有谁？”

“这鱼已经死了呀！”肖伯琴嗫嚅道，“我看它浮在浴缸里了。小吴说不炖了，恐怕不新鲜了！”肖伯琴意识到不能自己一个人来承担这个责任，急忙拉上了小吴垫背。

“这鱼不会死！”谢长利几乎是吼了起来，他闭上眼睛深深吸了一口气，他感觉自己就像一条死鱼，浮在水面上飘飘荡，四处茫茫一片水天。他想起他的童年，他的童年是光着屁股的，孤寂的。坐在船舱里，看见岸上的人家炊烟升起，半大丫头小子来码头淘米洗菜，他只有用破了的毛巾围着裤裆，悄悄地钻出船舱。岸上的小孩见他站在船头，立刻像受惊鱼儿一样很快就游走了。他曾暗暗发誓，他将来要到岸上去，去住大房子，而不是像叠咸鱼似的和兄弟几人腚靠着腚挤在一张床铺上。现在，他住上了大房子，不仅国内有，国外也有。他母亲曾对他说，是淮昂救了他的命，让他才有了奶喝。所以，不论在哪里，只要看到淮昂，一定要买了放生，不准别人吃进肚子里。

他这次见着这条淮昂，也是预备着放生，不过这次放生，他是要搞个大大的仪式，为他进军房地产造势。他总觉得他现在这个行业让他走不到人们的面前去，就如锦衣夜行般藏着掖着。每年装混凝土的渣车都要给他出点事故，这让他觉得如鲠在喉。他今天意外地碰到了"淮昂"，他觉得这是天意，是他事业的一个转折点。

"你去太平庄去找那个魏水生，让他再给我网一条这样的鱼来，否则你明天就不要再来了！"谢长利沉下脸向肖伯琴呵斥道。

· · · **6** · · ·

肖伯琴走在空荡荡的大街上，午夜的街灯昏昏欲睡，巷子里一片漆黑，她恍惚地摸进家门，小小和老人已经入睡，手机幽蓝微弱的光照着穆强林咧开的大嘴，他正开心地刷着手机。肖伯琴悄声地又出了门，站在张玲红后门口来来回回走了好几趟，张玲红家里的灯已经熄灭，她伸出的手指刚要触碰到门板，又触电般地缩回了手。她最终还是没有叩开张玲红的门，她朝着河堤走去，好像那里才是她的归宿。

　　肖伯琴在河堤的一段石工防护堤上坐了下来，这段石工护堤她再熟悉不过，以前，她的父亲每次到城里来，都会带她来到护堤上，父亲指着这一段护堤自豪地对她说，这段堤是他带领村里的男劳力修筑的。每年冬天农闲，政府都会组织民工修筑护堤，这一大段就是当年他带队修筑的。每次上城来，她父亲也会带着肖伯琴去穆强林家走走，带些活鸡活鸭，瓜果蔬菜。父亲对她说，那时候他们这些上工的精壮劳力都歇脚在穆强林家，穆强林一家也就不做饭，跟着民工一起吃。穆强林家这一带原来是城里的西菜园，后来土地被征用，穆强林求她母亲去居委会胡搅蛮缠，多要了一个招工名额，就这样，肖伯琴和穆强林结了婚。

　　时光只是在婚后最初的几年给了她想要的高光。在工厂，她眼快手快，做事麻利，说话爽快，可谓"嘴一张，手一双"，是她们那个车间的四朵金花之首，如果，如果没有后来的改制，她会接替她们的车间主任，车间主任快退休了。哎，肖伯琴叹了一口气，搓了搓双手，凝视着与面颊身体肌肤不匹配的，青筋凸起的被衣袖藏着掖着的双手，慢慢地起身想站起来，不去就不去吧，活人嘴里长青草不成。明天，先去买个手推车，在车上支个煎饼锅，可以卖早市和晚市。

突然，河面上有束光亮了起来，突突地有机器开动的声音，船直接开到了肖伯琴所在的护堤下面，穆强林站在船头焦急向她挥手，示意她去岸边的码头，魏水生稳当当地坐在船尾，网却是在另一个人的手上，那人是谢长利。

肖伯琴的身后伸过来一只手，骨节粗大却是舒舒展展的，大大方方的。肖伯琴转身也把自己的手伸出去，接住了递过来的手。

"你这么晚不回家，你家小穆着急，和你婆婆寻到了谢长利家。听我家水生说，谢长利吃过你婆婆的奶，是他妈妈用淮昂换的。从前，他家的船经常停靠在这个码头，他们三人孩提时就认识。谢长利披着衣服和我们一路寻来，叩开了我家的门。他求我家魏水生带他到河里，他想自己再撒一次网，不管取到取不到'淮昂'，就权当是放生了。他让魏水生介绍他加入渔民互保协会，他想当回渔民。"

船上的网鼓了起来。

最后一次逃跑

首尔，泪奔！

乔丽突然看到朋友圈蹦出来的这一行字，配着一张类似入场券的图片，图片上标注的却是韩文。转眼，这条信息又被秒删了。但是乔丽还是一眼就识别出那是女儿明月发的朋友圈。

你在哪儿？乔丽发了一行字。

我在学校啊！在宿舍。

那好，我们视频。

沉默了一会儿，手机终于显示出这几个字：我在首尔。

哪儿来的钱？和谁去的？

还是一阵沉默。乔丽发了个愤怒的表情，回话！

我自己攒的奖学金呀！

还有夏天去美国华盛顿参加会议，学校报销的路费。

今天是 BTS 的颁奖大赏，国庆期间我就在飞猪上抢票了。

一张截图，显示的是北京—首尔的往返机票，1574 元。

和谁去的？你还没有回答我这个问题。

杨竞。随即发来了一张两个女孩的合影。

乔丽认识，她和女儿是高中同学，在南大读大四，刚刚从智利交换学习回来。

后天就回来了。

机票便宜，我自己也省了一点生活费。

所以没告诉你。

又接连发来三条信息。

钱够不够？乔丽问。

手机那边夜一般的沉寂。

吴海波打开手机，离锚地还有很远，居然在海上能收到信号，他一阵惊喜，下意识地拨通了一个号码，电话那头显然还没睡醒，或者是刚刚入睡，他还没有具体确定船上和家里的时差。喂，干嘛？深更半夜地打电话来，不知道人家睡了吗？你这个时间电话一打，我下半夜别想睡了，电话那头戛然而止。

他透过狭小的窗户朝外看了一眼，窗外还是黑茫茫的一片，海深得像一个深不可测的黑洞。听老轨说，今晚过马六甲海峡，他已经习惯了船上的颠簸，不像第一次上船，晕船，他把他的胆汁几乎都呕吐了出来。

乔丽这个女人好像没有以前对他好了，他有几次打通电话，里面好像都有男人的声音，好像还有喘息声，他的脑海里立时显现出乔丽丰饶而结实的身体。他一个劲地追问她和谁在一起，以前每次追问这个话题，乔丽都会和他视频，对着房间的各个角落，甚至笑嘻嘻地主动掀起床罩，嗔道："床肚下藏着人呢！"可是，渐渐地，乔丽对他的电话越来越没耐心，再要问她和谁在一起时，立刻黑脸，往往只说了两句就挂了。

乔丽的手机出现了一个熟悉的头像，要求视频，我已经从首尔飞回北京了。

杨竞呢？

她飞南京了呀，我回北京。

什么时候回家？

我明晚的火车，车票早就订好了。学校食堂已经没有几个窗口了，图书室也关闭了。哎，对了，你怎么知道我去首尔的？

我看了你的朋友圈。

我好像屏蔽你了呀，明月捂起嘴笑。不过，我删得也快啊，看来你是一直捧着手机。

乔丽也笑了起来，这倒也是。除非没有空闲，手头上有事，即使有事，过不了几分钟，她就会打开手机浏览一遍。就像以前不管去哪儿，非得拎着个包，没有包，手不知往哪儿放一样。

明天回来我和你睡吧！

好吧，为什么想起要和我睡？

如果 offer 拿到手，我就会去美国读书，明年也许我就不在家过春节了，今年就多陪陪你。

吴海波昏昏沉沉地坐在市化肥厂的门卫室，已经下大夜班了，烧锅炉的、铲煤渣的工人都已在厂区浴室洗过了头和身子，等待交接班的人。他只是躲在老郑的锅炉房里打了个盹，实在是吃不消了，积雪还未消融干净，夜里奇寒无比。他巡视了一圈生产车间，走到锅炉房时，红彤彤的炭火好像召唤着他，他像小学课本里读过的童话里的卖火柴的小女孩，走进了锅炉房，一下子进了温暖的地带，因寒冷而紧绷的神经立刻就松懈了下来。他控制不住自己，倒在老郑坐的铺着棉垫子的藤椅上，昏睡过去了。

这件事情现在回想起来，好像是个阴谋。他回门卫室前，又去车间巡视了一遍，并无异样。临下班时，却被告知等一下，设备车间的一台设备失窃了，尽管这台设备已经好多年不用了。

乔丽照例把女儿的单人床收拾了一番，棉花胎已经有点泛黄，她送去街面上弹棉花的那里翻个新，在棉花胎上重新加了网套，不至于睡觉时，被拉扯得变形。女儿每次回来都嚷着要和她睡，却没有一次和她睡过一个整晚上。往往热热闹闹地开场，说不了几句，两人盯着各自的手机，开着的电视机成了背景。临近睡觉，女儿就去楼下自己的房间。乔丽顿时浑身轻松，她把手机声音调大，看会儿吃播大赛，她最喜欢看韩国大胃王秀彬的吃播，人虽胖，却吃得干净，吃出了欲死欲仙飘飘然般的感觉。尽管没吃什么，自己的肚子却像气球一样越来越大，她已经好多年坚持不吃晚饭，但是体重却一直降不下来，而且，抗拒饥饿的能力好像越来越下降。看大胃王两片红唇上下开合，听牙齿咀嚼食物发出清脆的声音，世上有什么比食物给人带来的满足感更直接呢？据说，即使自己不吃，但吞咽唾液好像也能使人发胖。乔丽还是戒不掉看吃播，尽管她总在不停地吞咽唾沫。

她已经不习惯有人和她睡在一张床上，她只是没有和明月、吴海波明说。女儿轻微的呼吸，就像夜里偷食的老鼠，啃咬她衰弱的神经。每次吴海波休假，排山倒海似的鼾雷对她来说，更像是一场灾难。

吴海波好像听到了自己的呼噜声，可他知道自己明明是醒着的，自己并没有睡着。乔丽这个女人总说他靠在哪儿都能睡着，呼噜打得地动山摇，只要挨到床边，或者给他个支撑点，他就能打呼。这是女人的借口，不想和他同床睡觉编造的理由。可是，有一次，他休假，陪他的妈妈去医院检查身体，站在电梯里，别人的谈话，他都听得见，他妈妈在电梯里不住地摇他，说他睡着了。他看见整个电梯的人，目瞪口呆地看着他，有个女人掩嘴笑道，这个人太能睡了，呼噜这么响！

明月回来，乔丽开车去车站接她，这是明月唯一夸赞过她的地方。想不到你这个中年妇女居然能把开车学会了。明月剪去了原来一头的长发，像个假小子，这让乔丽有点生疏。怕你阻拦，我才没告诉你。女儿笑着搂着她。是不是很潮？看，我还染了点色，本来想染蓝色的，怕你回来把我的头发揪了，才选了保守的咖色。

果然，在光照下，明月的头发散发出一圈微黄的光晕，这对她来说，还是能接受的。乔丽不允许女儿回到小巷子，和邻居说普通话，打扮上蹊跷八怪。

女儿晚上问她，是否愿意接受她，和她一个床睡？如果不和她一个床睡的话，是否会生气？

乔丽笑着说，我习惯了一个人睡，你不和我睡，我会更自在些。

不错，你已经是个成熟的家长，成熟的妈妈了，开始听从自己的内心了。明月当晚还是睡在自己的房间。

船上房间，床的宽度不足一米，有点像条形沙发。吴海波已经习惯了这床的大小，正好可容下他的身板，床边有扶手，也许是考虑到海上颠簸时，不至于会掉下来。吴海波睡觉喜欢裹被子，一米八的大床，吴海波一个人睡一床被，乔丽把女儿搂在怀里，睡另一床被。吴海波小夜班回来，乔丽把睡在怀里、沉得像条狗的女儿朝床沿轻轻一推，像条鳗鱼滑进吴海波的被窝，吴海波就知道了，乔丽是想和他一起睡。下大夜班回来的路上，吴海波买了小笼包子揣在怀里，乔丽和女儿焐在被窝里做"你拍一，我拍一，两个娃娃开飞机"的拍手游戏。女儿看见吴海波归来，从乔丽的怀里挣脱出来，像个小雀儿在鸟巢里，张开双翅，搂着吴海波的脖子，小嘴亲个不停。母女两个人就在床上心满意足地吃早饭，吴海波也心满意足地看着母女两个人吃。

现在，女儿只有在和他要零花钱的时候，才会甜甜地叫他老爸，手机上出现许多个小人儿的表情包，心形的飞吻像火树银花似的砸向他。每每这个时候，孩子要多少他就给多少，都是瞒着乔丽给的，乔丽每个月固定打一笔生活费给明月，这个女人在用钱方面很有原则。

这是个微信时代，手机里可以转账，可以发红包。他在锚地上菜时，供应商会给他回扣，船长老轨也会给他小费，每个月还有退伙费，七七八八加起来，这些没有在工资单显示的，比他以前在厂里的工资还高。大部分工资，海服公司都已经打到乔丽的账号上了，这些是他的私房钱。第一次休假的第一天，乔丽乔模乔样地躺在床上，做出小别胜新婚的张扬后，吴海波还未从高潮处落下来，晕晕乎乎把他的私房钱全部捧出来铺在床上，花花绿绿的全是美元，乔丽脸上的笑容就像盛开的白玉兰。后来，乔丽的脸上有了褶子，笑起来像朵菊花，吴海波腰板也越发辽阔了，肚子像个锅倒扣在肚子上，乔丽趴在上面抱怨好像睡在弹簧床上，使不上力后，回来第一节功课，变成乔丽翻他的行李箱。这个女人不去做公安太可惜了，她能在他行李箱夹层、身上的内裤、袜子，甚至在他带回来的整条香烟里（他在船上把钞票卷成香烟状，夹在空了的香烟盒里，隐匿在整条香烟里封好），乔丽都能找得到，这个女人对钱好像天生敏感，乔丽说是闻到钞票的香味了。

现在就没这么复杂了，手机绑定了银行卡，设置了密码，乔丽从他身上再也找不到现金。

乔丽是在不经意间，从吴海波洗澡换下来的上衣口袋里掏出那张纸条的。这个人把零钱放在口袋里，忘了掏出来，使得洗衣机经常罢工。乔丽展开纸条一看，抽了一口凉气，十几个电话号码，都是她非常熟悉的，经常通电话的，他甚至在前两个短号上面打了个勾，这是她单位老板和一个客户的号码。怪不得前天老板给她们开会，电话响了，老板看了看手机，摁断了，那个电话一分钟后又执拗地响起。喂！老板拿起手机，神经病，电话通了，却不说话。如此三番两次，乔丽此时立刻想到了吴海波。

　　以后，乔丽就手机不离身了，上个卫生间都带着它。晚上在床上，女儿早就有了自己的独立房间，吴海波和乔丽相对无言，一人捧一个手机。这个时候，乔丽开始迷恋上吃播，电视上的霸道总裁的多情故事，好像是生活在与世隔绝不食人间烟火另一个阶层的人。世上哪有这么多的总裁？即使有总裁，也不会看上她这个半老徐娘。看手机的时候，吴海波虽然是盯着自己的手机，鼾声如雷，乔丽还是感觉到，无论从哪个角度上看，吴海波都在用眼睛的余光偷窥乔丽。乔丽开始选择有声音的吃播，是想告诉他，她是在看吃播视频，而不是刷朋友圈，不是偷偷地和谁在聊天。既便这样，吴海波有时还故意翻转身体，碰落乔丽手中的手机，顺势从被窝里拾起来，快速地浏览一遍递给乔丽。

　　已经收到第三封拒信了。明月有点沮丧，托福她考了两次。GRE 也考了两次，第二次考 GRE 时，北京已经没有考点，她偷偷潜回自己所在的城市的大学里，占了个考位，

还没第一次考得好。考完后，她没有回家，直接回了北京
的校园。她把自己大学四年的实习经历又过滤了一遍，整
个四年的寒暑假，她好像都没有荒废过，大一寒假去香港
实习，大一升大二的暑假去《新京报》实习，来回两个小
时的路程。大二的寒假去了中央电视台实习，大二暑假又
去了河北山区支教。大三的寒假去了台湾旅游，拿着自己
的奖学金。大三的暑假去了美国，和学校老师参加华盛顿
的（AEJMC）会议，她和老师合作的论文被美国新闻与大
众传播教育学会选中了，这对她的留学应该是能加分的。
但是，她连续收到了三封拒信后，头发开始大把大把地掉，
她把头像改成了一个喷雾器，喷出的液体组成的词都是
"offer"。

　　收到拒信的事她没有告诉乔丽，大学四年，她已经习
惯了报喜不报忧。在华盛顿，深夜一个人赶地铁，说实话，
美国的地铁太老旧了，地铁里只有她一个人，她依稀记起
凌晨四点在北四环路上唱过的歌，一切那么崭新，那么的
触手可及。坐在车厢里，她构思了她的第一部悬疑小说《最
后一次逃跑》。出国留学这件事，她和乔丽打的是一场旷
日持久的拉锯战，她们这代人在二十岁离开家乡读书的时
候，就注定会在将来某一瞬间感知故乡的虚无主义。所以

乔丽让她毕业回到她们所在的那个小城市，对她来说更像是在讲一个笑话。

　　吴海波翻箱倒柜地寻找，在房间吊顶的角落，摸到了一个纸包，打开一看，是一缕毛发，那是女儿刚刚生下来不久，剪下来的胎毛，还是他放上去的，说是放得越高，孩子胆子越大。衣橱顶上，甚至是厚重的棉花胎里，他都没找着他要找的东西。那是他从日本带回来的，是一把菜刀，外形看起来像一把匕首，他用厚毛巾一层又一层包裹起来，用胶带纸一层又一层地封好，藏在厚厚的工作棉服里，托运行李时居然过关。他已经不确切知道这把刀他放在哪儿了，他想找出来，揣在怀里，去找那个人，吓唬吓唬他。至于这个人是谁，他也不知道。

　　他去移动公司把乔丽的电话记录调了出来，乔丽的手机卡是他用过的，原来用的那个手机是双卡双待，后来上船后，换了手机，只用了一张卡，这张卡就丢给了乔丽使用。十几个号码他逐一打过，除了几个女人的声音，男人的声音他都在一一辨别。他不说话，直到接电话的人不耐烦，爆粗口，骂人的时候，音准是最确切无误的。终于，他确定了这个号码，这个人说他是开发区的一个私企老板，问他是谁？

现在这把匕首莫名其妙地不见了，他没有问乔丽，这个女人肯定会一问三不知，就像他每次问她电话里的那个男人声音是谁时，她都骂他神经病，急眼的时候要和他拼命。闹得实在无法自圆其说，就说也许是移动公司电话串线了，这也太侮辱他的智商了。

人保科的居科长神情严肃地把他叫到办公室的时候，说单位本来想报警的，考虑到个人声誉和看在他父亲原来是厂里老职工的面子上，息事宁人。也会给他点钱，年轻人，到哪儿吃不到饭？吴海波回值班室换工作服，收拾东西和前来接白班的侯勇告别的时候，侯勇跳了起来。哄你个呆子呢，厂子要卖了，化肥厂要么迁址，要么停产，先打发一拨人回家，做套让你钻呢。报警让这帮狗日的报警！老居急急忙忙地跑了出来，你既知道厂要卖，早走迟走都是走，不如早点走。东西丢了是事实吧？你和我窝里横什么，卖厂子的那一天，自是有你们闹的时候。

吴海波回来对乔丽和邻居说，他下岗了。这个说法在巷子里也不丢人，天天有人下岗，没有任何理由，厂子里都补了一点钱。巷子里有了空前的热闹，每天午饭的时间，大伙捧着个碗，站在孙小四门口，对比着碗里的菜，饭碗来不及放下，就凑成搭子在孙小四家里打麻将，日子先快活起来再说！吴海波怀里揣着厂里给他的补偿金，天天去街上转悠，他决定开个彩票销售点，好像隔不了多远，就有一个销售点，小小的地方站满了人。吴海波每天都固定在一家买彩票，和人套近乎。销售点的老板也没藏着掖着，告诉他开彩票点的手续流程。他兴冲冲地去了体育局，要交两万元钱，租用售票机。他傻眼了，再加上店面房租，他那点钱款直接歇菜，他转身就去了移动公司，买了部双卡双待手机。

乔丽睁着眼睛，空洞而又无助地数数，一、二、三，数着数着又忘了。吴海波每打一次呼噜，床板就震动一下，这种震动随着吴海波鼾声的起伏，震动频率也在不断起伏。白天，乔丽把床又重新用力夯实了一遍，床还是随着吴海波的鼾声不停地抖动。乔丽想和他分床睡，吴海波休假很少与女儿假期重叠在一起，但是一个院子住着妯娌老人，下楼睡到女儿房间，第二天就受不了探询，甚至是讥笑的眼光。三四个月后吴海波就又出海了，乔丽想想还是忍下来了。这让吴海波觉得是她做了亏心事，鼾声更加地有恃无恐。

　　孙庆桃打了几次电话给她，是在下班的时间，有时是午休，有时甚至是晚上喝过酒的时间。乔丽慌乱地对着电话，辞不达意地说了一番。吴海波鼓着青蛙似的眼睛，像是要从乔丽的脸上看出端倪，甚至一把抢过手机，重新回拨，孙庆桃一听见男人的声音，不管再多的酒，就醒了一半，不留一丝破绽地说，麻烦告诉乔丽女士，明天送点货到我厂里来，和我办公室的张小姐联系，我在外地出差。"嘟"地一声，挂了电话。

　　乔丽不好意思告诉孙庆桃，说老公回来了，不要打电话来。她和孙庆桃算什么呢？充其量就是客户与推销员的关系，说了，倒好像乔丽在向他暗示什么。孙庆桃不缺女人，他在东郊的凤凰城有另外一个家，金屋藏娇，这还不包括别的女人。孙庆桃是市里的纳税大户，市里有三家企业。凤凰城的那个女人悄悄地瞒着孙庆桃，卖了房子，和一个做售楼工作的小白脸跑了以后，孙庆桃就不送女人房子了。就当是送给她的陪嫁吧，毕竟是大姑娘跟的我，孙庆桃如是说。不过，这个人，嘴碎，无事喜欢撩乔丽，可怜呢！这么个大活人在家守着，不想啊？

　　盛夏的时候，乔丽照例把橱柜里的被子，拿到阳台上晒伏，老屋子，有点湿气。棉被抱出来，一个用报纸裹着的里三层、外三层的东西掉落在地板上，乔丽打开一看，吃了一惊，是把明晃晃的匕首，上面刻有日文。乔丽定了定神，她知道一定是吴海波带回来的。吴海波喜欢藏东西，但是这把匕首藏起来是做什么用的呢？而且放置在橱柜里的位置正对着房门。乔丽重新里三层，外三层地把匕首包好，趁着去公厕倒痰盂的时候，她把匕首扔进了化粪池。

吴海波那一万二千元，除了买个手机外，一部分贡献给了棋牌室，一部分贡献给了巷子延伸出去菜场附近的熟食店。那段时间是快乐的，是欢愉的，吴海波每天傍晚从棋牌室出来，有时会拎两个芒果，芒果对小巷的居民来说，可是稀罕物。剁一角盐水鹅，买三四条鲫鱼，炖一锅汤，吴海波对食物的烹饪有点无师自通，明月的小脸吃得红通通的，乔丽也养得有红有白。赋闲下来旺盛的精力，在明月被送入幼儿园的晌午，两人白天关上窗帘，不断地演练作战，嘎吱嘎吱的床框摇动的声音，就像是两个人的战鼓，乔丽像个喂不饱的母猫。

乔丽出来上班了，去一家火锅店做服务员，在门口做迎宾小姐。玫红色的西装套服朝乔丽身上一穿，还真像那么一回事。吴海波领着明月去吃火锅，明月一口一个"妈妈"缠着乔丽，乔丽的神情很不自然，向吴海波投去埋怨的目光，店里的老板和服务员张大了嘴巴。下班回去后，乔丽一顿数落吴海波，因为这个火锅店招收的是未婚的女子，乔丽说自己没有结婚，才被招录的。吴海波说，不去就不去吧，我养你！

你拿什么养我？乔丽尖声地叫了起来。

乔丽后来去了城郊的一个电子产品加工厂，用电烙铁焊接电路板。中午不回家，在食堂吃饭。吴海波用自行车载着明月，时不时地去食堂，有时送两块做好的大椒揣斩肉，惹得同车间的女工很是羡慕。渐次地，乔丽下班的路上或是小夜班，乔丽总觉得后面隐隐有人跟踪她，定下神来一看，原来是吴海波。吴海波说是来接她的。

有一个星期天，乔丽问吴海波为什么不出去打牌，吴海波没有说身上没有钱了，支支吾吾地赖在床上。这时，床头的座机响了，乔丽接了电话，吴海波迅速回头打开了免提，电话里是个男人的声音，问乔丽是否把东西收拾好了，明天和他出去出差。吴海波一个鲤鱼打挺从床上跳起来，跑到厨房，拿了把菜刀揣在怀里，骑上自行车就要出去。乔丽死命拉住他，你去干什么，人家也没说什么，我也没答应人家去出差，我不去上班还不行吗？乔丽的打工生涯就此结束。

明月读了公立小学，但凡有一点钱的家庭都送小孩去了私立学校。乔丽在巷子头的菜市场门口摆了个地摊，卖各种鞋袜、内裤、胸罩、拖鞋。除了眼珠是白色的，其他部位都晒成黑色的了。这让吴海波在床上有了优越感和主动权，但是，事情做完后，乔丽翻脸不认人，吴海波休想从她手里拿到一分钱。这个女人把钱看得比磨盘还大，吴海波要是从她口袋里偷拿一分钱，乔丽就学巷子里的泼妇叫骂，骂得整条巷子都听得到：要你这个男人鸟用，你这个吃软饭的！嚷得地动山摇。隔壁老大两口子听了吃吃地笑。

吴海波的老表在外轮上做船长，探假回来看望舅父舅母，正遇着乔丽和吴海波在家叮叮当当，一个拿刀，一个拿叉，钱壮了乔丽的胆，这个钱是乔丽牺牲了色相，起早贪黑，从一个嫩汪汪的少妇变成了一个黑壮的大婶换来的。她对这个男人的怨尤是因为这个男人打碎了她所有绮丽的梦，把她的自尊踩在他的脚底下，尽管他没有能力撑起他统治她的野心。维持一家生计的钱是她乔丽挣的，经济基础决定上层建筑，所以乔丽就有了起兵造反的意思，宁愿被打死，也不闷死。乔丽打起架来，是拼了命，面目狰狞的那种，吴海波气势逐渐矮了下来。老表和吴海波要好，看不得吴海波蹩脚，决定把他带出去。

吴海波花了一千五百元在职业学校进修，拿了个厨师资格证，大夏天，在西山太阳的照射下，汗流浃背地站在墙角，把黄沙装在锅里练颠勺。

上船后，吴海波才觉得勺是白颠了，都是用电，而且也不是岸上正常的 220 伏电压，炒个菜，就像小脚老太，慢慢吞吞的，什么菜都是真正意义上的炖熟的，用不着颠勺。他其实要学的反而是白案，蒸馒头，做糕点。他看见船长和老轨皱着眉头吃他蒸的包子，心提到了喉咙眼。

明月每次拖着行李往家走，路过巷口，走到菜市场门口，她就会想起乔丽黝黑得只剩眼珠的样子。这个影子一直萦绕在她的脑海里，以及每次乔丽收摊回来，奶奶和婶娘嗤嗤地笑，笑的背后隐匿着白眼和鄙视。她也记得吴海波去巷口买菜时，都是绕开乔丽身边走，生怕别人认出他们是夫妻，极力撇清关系似的。尽管来买菜的都是老居民，尽管乔丽出摊前把买菜的钱早就放在了厨房的餐桌上。所以，她每次看到乔丽和吴海波嘶声力竭地吵，吴海波把乔丽从床上拖起再扔到地下，乔丽翻床倒柜地找出剪刀砸向吴海波，她没有像别人家的小孩大哭。她总在想，等我长大了，我能养活自己了，我就逃跑，离开这个家，离开这两个不会爱自己孩子的人。她甚至想，长大了，结婚了，宁愿不要小孩。明月还记得一点，不管乔丽被打得多么狠，吴海波再怎么叫她滚，她都不会出走，她搂着明月，说是为了她，她不走，她走了，她就是个没妈的孩子了。这句话温暖了她好长时间。

明月有一次接听了乔丽的电话。她高二那年，乔丽正在厨房里唱着歌做午饭，她叫乔丽接电话，乔丽没听见，那个放在她床上包里的手机赌气似的一直响个不停。明月接了电话：喂！宝贝，干吗呢，一直不接？

明月把乔丽的包扔在了厨房的桌子上，中午饭没有吃，不管乔丽怎么敲门，她就是不开，泪水悄悄地溢出明月的眼睛，她想吴海波了，她把对吴海波的想念扩大到最大化。吴海波早晨五点半就起床，前一天晚上就把面发好了，起来做葱油饼，分成二十几份，让服务生端到餐厅。大锅粥煮好后，去冰库拿冷冻的肉块，放在温水里化。中午，吴海波穿着油腻大裤衩、背心，用小铁锹似的铲子在一个大抽屉式的锅里翻炒，在小锅炉似的不锈钢桶里煮冷冻的鸡块。头发像疯长的野草，被汗水打湿，分成一小缕一小缕贴在额头。她和乔丽去船上探过假，有次吴海波所在的外轮回国内浙江舟山修船，半个月，乔丽带着明月奔赴舟山。吴海波在船上厨房里挥汗如雨做饭的场景，在这一刻不断地循环放映。

她好像找到了吴海波每次回来和乔丽吵架的佐证，这让她立刻向吴海波倾斜，所以，吴海波和乔丽再次为这些话题争吵不休的时候，明月径直走到他们面前，为什么不离婚？不要以我为借口，我已经长大了，离婚吧。这句话比任何一句劝架的话都有效，两个人的争吵立马歇火，因为唯一的观众和听众已经冷漠地离场。乔丽和吴海波此时的目光是一致的复杂和疼痛。明月说："既然生活撕了口子，苟且成不了遮羞布，不如撕了，让伤痕裸露出来，不要让我来背负你们强加给我的痛苦，各自去寻找你们的幸福。"

填报志愿的时候，明月选择了北方的大学，乔丽和吴海波仍然纠缠搅合在一起，继续地苟合、争吵，好在，明月是听不见了，她开始了她愉悦的大学之旅。

吴海波上船后的第二年，乔丽就结束了她的地摊生涯，不停地变换工作。先是超市收银员，还自己开过一个服装店，后来又去做营销，好像营销的内容五花八门，动荡不定，一会是超市火腿肠、一会是饮料、过一阵子是药品，后来又做了酒类推销，一直持续到现在。因为做营销，没有朝九晚五，没有大小夜班，可以照顾到明月的饮食起居，这是乔丽最有力的说辞。其间，乔丽的肤色逐渐完成了从黑皮到白皮的蜕变，腰身也恢复到以前，甚至更加纤细，乔丽一直穿着束身衣，哪怕是睡觉的时候，像个盔甲把吴海波的欲望击打得粉碎。

最初的时候，乔丽对吴海波的每次归来都是抱着极大的热忱，长时间的思念，一旦找到突破口，就像是岩浆爆发，灼热而且具有杀伤性。吴海波差点淹没在这汹涛骇浪中爬不起来。他不停地问乔丽，这几个月，我不在的时候，你是怎么挺过来的？

那你是怎么过来的？乔丽笑嘻嘻地问他。

我是自己解决的，你呢？

乔丽呸了一口，转过身去。不再搭理他，问的烦了，就回一句：我没有你那么龌龊。

吴海波的脑海里翻滚着无数个画面，这些画面就像拷在 U 盘里的重叠交错的肉体横陈。尽管吴海波不认识龌龊这两个字。

后来乔丽就很敷衍吴海波了，逐渐面不改色了，就像一项运动少了摇旗呐喊的观众而兴味索然。

乔丽这个女人居然学会了开车，而且提了一辆车，她没有动用吴海波每个月寄回来的钱，吴海波的钱是攒起来预备女儿留学用的。她说车是自己挣钱买的，天知道，这是不是那十几个陌生号码中的哪一个男人买的，这个女人隐藏得很好，只是外表上，这个女人的确和在菜场摆摊的那个女人，判若两人了。她居然还有一本省级书法协会会员证书，她说是用这些墨水字打发了没有他和明月在一起的时间。

午夜 11：45，明月终于收到了第一份 offer，明月悬着的心终于落了下来，是宾夕法尼亚大学，明月知道以后还会收到 offer，这是个好的兆头。

吴海波是在明月大二那年下学期毫无征兆地去北京的，去了明月的学校。明月没有第一时间往家赶。那个时候，她正在谈着一场轰轰烈烈的恋爱，吴海波的造访让明月有点措手不及，但她觉得陪吴海波，的确是件很重要的事情。小翟没有等她，他按原计划去了日本的北海道。

三天之内，明月坐了两次 118 路车，118 路公交线是小翟最喜欢的路线之一，开出车公庄就意味着从东到了西边。她和小翟在什刹海后面的点点灯光里喝醉过一次酒。

明月带着吴海波去了北海公园，北海的水面长期波澜不惊。吴海波主动和明月提到了乔丽，吴海波反过来劝说明月和乔丽和解，吴海波絮絮叨叨地说，一路上说不到重点。明月最后在心中做了总结，万事都比我们想象得复杂，而人更加复杂，于是我们互相理解宽恕。吴海波臃肿的身体和乔丽纤细婀娜的身材在明月的思维里形成定格的反差，而这些又让她感觉到有乍见之欢的亲人间的欣喜。

她在韩国大赏晚会上，在四面鼎沸的叫喊声中，倾尽全力地暗哑了声带后，抹去了有关小翟的一切痕迹。她迫不及待地回国，回到那个深深的巷口，回到那个曾经被生活呛得灰头土脸的女人身边。

明月陆续收到了六个 offer，她在比对各个学校的奖学金后，选择了印第安纳大学，这个学校提供全额奖学金。她和乔丽隔屏庆贺，对乔丽说，让爸爸回来吧，不要再让他在海上漂了。我学成归来时候，就是我们一家团圆的时候，我爱你们！